KB031780

전부였던 사람이
떠나갔을 때

태연히
밥을 먹기도 했다

일러두기

: 저자 고유의 글맛을 살리기 위해 표기와 맞춤법은 저자의 스타일을 따릅니다.

전부였던 사람이 떠나갔을 때
태연히 밥을 먹기도 했다

박근호 산문집

개정판을 준비하며

글에 여백이 없다고 생각했습니다. 뭐가 그렇게 처절하고 슬프고 힘들었길래 여백 하나 없을까. 여백을 넣자. 덜 직접적으로 쓰자. 글 몇 개만 바꾸려고 했는데 생각보다 많은 글을 다시 쓰게 됐습니다. 원고가 쌓여갈수록 또 여백이 없어지고 있습니다. 처음 글을 썼던 때가 기억납니다. 하지 못한 말이 마음에서 계속 맴돌아서 시작한 일입니다. 얼굴을 보고 이야기하는 것보다 편지 쓰는 게 더 편해서 시작한 일입니다. 가지 말라고, 미안하다고, 사랑한다고 한번 제대로 안아주지 못하고 보낸 사람이 숱합니다. 그 사람들을 생각하며 글을 쓰는데 어쩌면 여백이 많지 않은 게 당연한 거라는 생각이 듭니다. 가슴께에 묻어둔 사람 한 명쯤 있는 당신이 읽어줬으면 합니다.

차례

1부

2부

3부

4부

잘 지냈어요?

나도 반가웠어요.

1부

첫눈

나는 지금 글을 쓰러 강원도 삼척에 와 있어. 당신이 있는 곳은 서해 근처니까 우린 꽤 떨어져 있지. 오늘 저녁에 허기가 져서 시장으로 반찬거리를 사러 나갔어. 토요일이라 그런지 일찍 닫았더라고. 어디 문 연 곳 없나 두리번거리다 작은 가게에서 이것저것 샀어. 검은 비닐봉지 하나 들고 걷는데 글쎄 뭐가 내리는 거야. 처음에는 뭐가 날리는 줄 알았는데 자세히 보니까 내리고 있었어. 시월인데 첫눈이 내리고 있었던 거야. 안 믿기지? 부쩍 추워지긴 했지만 정말 첫눈이 내렸다니까? 당신이 문을 열고 밖으로 나가 동네 사람들에게 지금 삼척에는 눈이 온다고 말할 수 있다면 우린 사랑일 거야. 우리가 이렇게 떨어져 있어도, 당신이 사는 곳에 해가 쨍쨍해도, 바닷가 마을 사람들에게 지금 삼척에는 눈이 온다고 말할 수 있다면 우린 사랑일 거야. 그럴 수 없다면 애석하게도 우린 며칠을 아파해야 할 테지.

당신아, 지금 삼척에 눈이 와.

그런 사람

당신이 그런 사람이었으면 좋겠다
진주 귀걸이 하나 없어도
아무도 없는 바닷가 하나쯤은 알고 있었으면
누구보다 단단해 보일지라도
사실은 약점이 가득했으면
누구 좋아해요? 물어본다면
수줍게 좋아하는 예술가 두어 명은 말했으면
기분 좋지 않은 날에 꽃 하나 사고는
밥을 먹다 우는 사람
베란다 앞에서 뛰어내리고 싶어 하다가
돌보지 못한 화분에 미안하다고 말하는 사람이었으면

사랑하는 것과 좋아하는 것의 차이를
그리고 그 미세한 차이가 전부를 망치고
모든 것을 회복하게 할 수 있다는 걸 알았으면
환상으로 시작했다가
현실로 끝나는 사랑 앞에서
그래도 당신 덕에 살았다고 말하는 사람이었으면
당신이 나 같은 사람이었으면 좋겠다
그런 당신과 좋아하는 거 말고
사랑이나 하고 싶다

꽃

살면서 확실해진 것이 있습니다

물질과 행복은 비례하지 않습니다

괜찮은 시계를 차고 있어도 항상 쓸쓸했는데

당신에게 이 작은 것을 선물해줄 땐

모든 발걸음이 따뜻했으니까요

고맙습니다

한 뼘도 채 안 되는 것이

이렇게 아름답다는 걸 알려줘서요

당신도 꽃도

아름다운 것투성입니다

여전히 미인

꽃은 이울어도 아름다운 것처럼
사랑에 실패했을지언정 그대는 아름답다
누군가 마음을 다 헤집어 놓고
뾰족한 못으로 사정없이 긁어놨어도
그대가 아름답다는 건 변하지 않는다
사랑은 이루어지지 않을 수 있지만
그대가 그대를 아프게 해서는 안 된다
그럼 또 사랑하시길

축사

별 탈이 없다면 이 책을 준비하는 동안 우리 누나는 결혼식을 올린다. 누군가 내게 세상에서 가장 소중한 사람을 한 명 뽑으라면 나는 누나를 뽑을 것이다. 만약 누나가 아파서 내 간이 필요하다면 어떤 마취제도 없이 도려내어 줄 자신이 있다. 누나가 삶의 시련을 피해 어딘가로 숨어버렸는데 그곳에도 있는 것은 시련뿐이라면, 누군가가 내가 가진 소중한 것을 내놓음으로 누나가 행복해질 수 있다고 말한다면, 내가 쓴 모든 책을 태울 수도 있다.

삶에 대한 미련이 없어졌을 때 내가 나쁜 선택을 내리지 않았던 가장 큰 이유는 누나였다. 스스로 목숨을 끊은 형벌로 내 죽음을 슬퍼하는 사람들을 바라보게 된다고 해도 모든 걸 견딜 수 있었다. 하지만 누나가 핏기 없는 얼굴로 며칠 사이에 야위어 처음엔 맞았을 상복이 펄럭이는 모습은 볼 수가 없었다. 친구 녀석들이 누나를 웃게 해주겠다고 실없는 농담을 뱉을 때, 말라버린 입술로 웃는 누나를 볼 재간이 없었다. 그래서 살아야겠다고 생각했다.

언제나 내 옆에 있어 줬던 사람이다. 음악을 하겠다고 아침 일찍 서울로 올라갈 때도, 실패가 반복돼 방 안에만 박혀 있을 때도, 성대 수술을 받던 날 마취에서 깨어나지 못했을 때도 소파에서 쪽잠을 자던 사람. 동생 잘 부탁한다고 호두과자 몇 개를 사 와 간호사들에게 나눠 주던 사람이다. 음악 할 땐 그렇게 말리더니 글을 쓸 땐 나 대신 일을 해주기도 했다. 몇 권의 책이 세상에 나왔을 때 누나는 나 대신 주변 사람들에게 한껏 이야기하고 다녔다.

"동생이 책을 냈어요."

사람이 사람을 만나 가정을 이루고 살아가는 것만큼 경건한 건 없다고 생각한다. 나에게 먼일처럼 느껴지던 일이 하나씩 일어나고 있다. 이따금 오래 떨어져 있던 친구를 만날 때가 있다. 그 녀석이 갑자기 아빠가 되어 내 앞에 나타날 때도 있고 한 친구가 갑자기 엄마가 되고 누군가의 아내가 되어 나타나는 경우도 있다. 그들을 보고 있자면 나와 나이가 같든 어리든 나이와는 상관없는 위엄 비슷한 걸 느낄 수 있다. 내가 감히 느껴볼 수 없는 책임감이 느껴지며, 사랑하는 이의 손을 잡은 그 모습을 보고 있자면 그만큼 아름다운 것도 없다는 생각이 든다.

사람이 사람을 만나 사랑을 하게 된다. 그 사랑이 깊어지면 하나의 가정을 이룬다. 딸아이가 엄마가 되고 아들이 아빠가 된다. 내가 너의 남편이 되고 네가 나의 아내가 된다. 두 사람이 함께했을 뿐인데 온 우주가 함께한다.

모든 이의 만남에 축복이 가득하기를 바란다.

다툼보다 사랑이 더 크기를. 미움보다 이해가 더 크기를.

이별보다 만남이 더 길기를.

*개정판을 준비하는 지금

나에겐 예쁜 조카가 둘이나 있다.

편지

사랑은 꼭 이뤄지지 않더라도
꽃을 줄 수 있음에
편지를 쓸 수 있음에
그것을 건넬 사람이 있음에 행복하다
있음에 아름다운 것

영원

오랜만에 우편함을 확인했던 어느 날, 온갖 고지서 사이에 작은 봉투가 하나 섞여 있었다. 어디서 누가 어떤 이유로 보낸 건지 짐작조차 할 수 없는 편지였다. 낯선 봉투를 열어보고 나서야 기억났다. 일 년 전에 쓴 편지였다는 게. 그 사람과 함께 낯선 곳으로 도망갔다가 돌아오는 길에 카페에 들른 적이 있었다. 기차를 기다리던 그곳에 우체통이 하나 있었는데 지금 편지를 넣으면 일 년 후에 도착하는 형식이었다. 맞네, 그때 그랬었지. 벌써 시간이 이렇게 흘렀나 하는 생각을 하면서 편지를 읽었다.

"너랑 함께하는 모든 일은 여행처럼 느껴져.

앞으로도 평생 함께 여행하자."

이런 말을 썼었구나. 뭐라고 썼는지 물어봐도 한 번을 대답해주지 않던 사람이었다. 이내 옅은 웃음이 번졌다. 그땐 뭐가 그렇게 좋았는지. 또 그땐 뭐가 그렇게 미웠는지. 참 많이도 다투고 별거 아닌 일로 오래 웃음 짓기도 했었다. 나는 그 사람에게 무슨 말을 썼을까 싶어서 생각해봤지만 정확한 문장이 떠오르지 않았다. 나도 비슷한 이야기를 썼을 것이다. 그 사람 동네까지 가는 기차를 다시는 탈 수 없다는 사실도 모른 채.

내친김에 여기저기 널브러져 있던 편지를 하나씩 찾아 읽기 시작했다. 걱정과 사랑. 미안함과 고마움이 가득했다. 그리고 몇 개의 편지에는 영원히 사랑해, 평생 함께하자. 내가 그 사람의 전부라는 이야기가 가득했다. 아쉽게도 그런 말은 하나도 이루어지지 않았다. 누군가는 나를 먼저 떠나기도 했고 또 누군가는 내가 먼저 떠나가기도 했다. 이별과 만남을 반복할수록 알게 된다. 언젠가 사랑은 끝난다는 것을. 세상에 영원한 것은 하나도 없다는 사실을.

누군가의 책상이나 서랍 안에 한 장쯤은 영원을 약속하는 편지가 들어있을 것이다. 만약 그렇게 말했던 사람이 내 곁을 떠나가더라도 비난할 수 있을까. 어차피 떠날 거, 어차피 끝날 사랑인데 왜 그런 말을 했느냐면서. 그 말을 뱉은 순간만큼은 진심이었을 것이다. 뻔하고 뻔한 말이었겠지만 그 순간만큼은 마음을 표현하기에 그만한 말이 없었을 것이다. 꽃이 질 걸 알면서도 피어나듯 그냥 그렇게 말하고 싶었던 것이다.

사랑이 언젠가 끝난다는 것을 알아버리더라도 유치한 약속을 하고 싶다. 영원히 함께하겠다든가. 네가 원하면 별도 달도 따다 주겠다는 그런 말들. 그리고 내가 사랑하는 사람도 나에게 그런 말을 해줬으면 좋겠다. 지키지 못하고 이루어지지 못하더라도 말이다. 사랑을 영원하게 만드는 것은 사랑한다고 계속 말하는 방법밖에 없으니까. 그래서 영원히 당신을 사랑하겠다는 말이 파도가 올 걸 알면서도 모래 위에 글씨를 쓰는 것과 똑같더라도 다시 한번 힘주어 말하는 것이다. 영원히 당신을 사랑한다고.

새벽

하루치 삶이 끝나 적당한 온도로 몸을 적시고
좋아하는 음악을 골라 들으며
밤을 나태하게 즐기는 순간을 사랑한다
내 하루에도 밤이 찾아왔다는 아쉬움에
졸음을 참는 것조차 즐거운 시간
질서 없이 생각이 떠올라
설레었다가 불안했다가
말도 안 되는 상상을 해보는 시간
내일이면 기억나지 않을 생각을 마음껏 해도 되는 순간
늦은 시간을 핑계 삼아 사랑을 전하기 좋은 순간
약간의 점성 섞인 말을 건넬 수 있는 시간

남몰래 누군가를 마음껏 그리워할 수 있는 시간

하루 속 유일한 내 시간

무음

어느 새벽 메시지가 하나 왔습니다. 자신이 뭘 잘못한 건지 모르겠다며 이야기 좀 들어 달라는 지인의 메시지였습니다. 며칠 전 어떤 사람을 소개받았다고 했습니다. 외모도 마음에 들었고 그 사람의 생활방식과 책을 좋아하는 취향도 비슷해서 꽤 기대를 했답니다. 대화도 나쁘지 않았고 첫 만남에 별다른 실수를 한 것도 아니었는데 연락이 뜸해진다면서 답답한 마음에 저한테 연락한 것이었습니다.

지인은 이야기를 쏟아냈습니다. 어떻게 다 기억하고 있을까 싶을 정도로 소개받게 된 계기부터 첫 만남, 중간에 있었던 일까지 모두 상세하게 이야기했습니다. 어디가 문제인지 찾고 싶은 것처럼 보였습니다. 쉴 틈 없는 메시지를 보면서 그 사람을 처음 만나러 가던 지인의 모습이 떠올랐습니다. 대뜸 자기 사진을 찍어 보내더니 오늘 자신의 상태가 이상하지 않으냐고 물어봤습니다. 여행을 가기 전에 짐을 싸고 저녁 먹기 전에 장을 보는 것처럼 어떤 설렘이 느껴지는 연락이었습니다. 이야기를 가만히 듣다 보니 누군가를 좋아하던 제 모습이 떠올랐습니다. 그 사람의 표정과 말투 하나하나에 너무 많은 의미를 부여하면서 혼자 힘들어하는 모습이요.

상상력이라는 것은 좋은 쪽으로 발휘되면 세상에 없던 멋진 것을 만들어냅니다. 하지만 사랑 앞에서 상상력은 그다지 좋게 작용하지 못하는 경우가 더 많은 것 같습니다. 특히 연인이 되기 전 과정에서는 더욱 그렇습니다. 사랑을 쟁취한 적보다 아픈 이별을 더 많이 경험했기 때문이겠죠. 그녀의 말 한두 마디가 무슨 뜻일까 신경 쓰느라 일주일을 힘들어하는 지인에게 전해줄 말이 없었습니다. 사랑에 대한 지극히 정상적인 반응이었으며, 그 친구에겐 못난 점이 하나도 없었으니까요.

갖고 싶은 것일수록 사랑하고 싶은 것일수록 자신 그대

로를 유지하는 게 중요합니다. 힘을 빼면 떨어뜨려 깨지기 마련이고 꽉 쥐면 상대가 도망가거나 숨이 막혀 으스러집니다. 노크도 없이 불쑥 들어와 사람을 미치게 만들지만 쉽게 얻을 수 없는 사랑. 그것만큼 어려운 것도 없는 것 같습니다.

벚꽃

외로움이 무엇인지 알려주는 방법은 그 사람을 혼자 두는 것이 아니다. 사랑을 알려주면 된다. 함께 밥을 먹고 함께 거리를 걷고 같은 공간에서 생활하고 웃는 표정을 자주 보는 것이다. 세상이 잔인하다는 것을 알려주는 방법은 온통 검게 물들이는 것이 아니다. 그 사람을 데려가면 된다. 그래도 세상이 살만하다는 것을 알려주는 방법은 다시 그 사람을 데려다 놓는 것이 아니다. 봄이 오고 꽃이 피는 것이다. 아름다움 앞에서 삶의 잔인함을 욕하다가 떠난 그 사람을 원망하다가 이내 그리워할 것이니. 외로움을 알려준 것도 슬픔을 준 것도 사랑이지만 결국 우리를 살아가게 하는 것도 사랑임을 깨달을 테니. 백 년만에 가장 일찍 핀 벚꽃, 당신도 보았을런지.

우산

당신이 최고야. 데리러 갈게. 이것도 먹어봐 맛있어. 사랑해. 그리워. 보고 싶었어. 커피 사 갈까. 오늘도 수고했어. 올해는 첫눈이 언제 올까. 이불 잘 덮고 자. 내 것도 먹어. 내가 같이 울어 줄까. 한 번 안아보자. 행복하지 않다고 해서 불행한 건 아니야. 너를 믿어. 편지 써 줄까. 빗소리 녹음해서 들려줄게. 당신 처음 만났을 때 이 사람이다 싶었어. 우리 집에서 자고 가. 사랑한다는 건 아름다운 일이야. 만약 한 사람이 기다려야 한다면 내가 기다릴게 천천히 와. 아무것도 하지 않아도 괜찮아. 아무도 없는 산에 가서 모닥불 피워 놓고 커피 마시자. 외롭다는 건 그만큼 많이 사랑할 줄 안다는 거야. 주말에 멀리 떠날

까. 시골 내려가서 같이 살까. 문득 생각나서 전화했어.

당신은 할 수 있어. 마음 놓고 울어보고 싶을 때 전화해.

산

아무도 없는 산에 가서
혼자 하루 자고 오겠다고 하자 당신이 물었다.
어둠뿐인데 무섭지 않냐고.
그런 건 진짜 무서운 게 아니라고 대답했다.
들짐승이나 어둠이나 추위 같은 건 무서운 게 아니다.
여섯 시간 뒤면 해가 뜰 거라는 희망이 없는 삶
그런 게 진짜 무서운 것일 테니까.

새

다음 생은 새로 태어나보고 싶다.

비가 올 때 새들은 어떻게 하늘을 나는지

한번 느껴보고 싶다.

너는

너는 빈속에 술을 마시고는 했었지. 너는 추위를 많이 타면서 옷은 얇게 입고 다녔지. 너는 부끄러울 때면 윗입술에 손을 대고 웃었지. 너는 그 모습이 예쁘다는 걸 모르고 있었지. 너는 떡볶이를 좋아했지. 너는 할 수 있는 최고의 표현이 사랑한다는 말이었지. 너는 결혼식에 다녀온 나에게 어떤 생각이 들었냐고 물었지. 너는 몰래 내 사진을 찍고는 했었지. 너는 화가 날 때면 나를 버리고는 했지. 너는 그래도 천천히 걸었지 내가 잡을 수 있게.

전부였던 사람께

점심이었나 저녁이었나. 주말이었나 평일이었나. 종일 아무것도 먹지 못하다가 첫 끼를 먹을 때였습니다. 나도 모르게 급하게 음식을 먹었습니다. 그때 당신이 생각났습니다. 급하게 음식을 씹는 제 입 모양이 당신의 입 모양과 닮았다고 느껴졌습니다. 개정판을 준비하면서 당신이 밉다고 썼던 글을 모두 빼버렸습니다. 사람이 참 웃기죠. 옆에 있을 땐 미워하다가 옆에 없으니 그리워한다는 게요. 감정이 넘치지 않게끔 글들을 채우고 싶었는데 아무래도 그런 성격이 못되나 봅니다.

한 의사가 방송에 나와서 한 말이 있습니다. 병원에서 이별이 가까워진 사람은 임종방으로 옮긴답니다. 그리고는 가족들이 음악을 틀어준답니다. 평소에 좋아했던 노래를요. 생각보다 자기 가족이 어떤 음악을 좋아했는지 모르는 경우가 많다면서 부모, 자식이 어떤 노래를 좋아했는지 안다는 건 축복이라는 말을 했습니다.

우린 임종방 같은 곳에 가보지도 못했습니다. 그래도 다행인 것은 당신께 고민하지 않고 음악을 틀어줄 수 있었을 거라는 겁니다. 심수봉이나, 이문세, 김광석의 노래를 틀었을 것입니다. 과연 축복이라고 할 수 있을까요? 그만큼 가깝고 자세했다는 건데 남겨진 사람의 슬픔 역시 가깝고 자세하진 않을까요? 제가 진짜 몹쓸 사람이라고 생각했습니다. 그래도 마지막 인사라도 할 수 있어서 다행이라고 생각했으니까요. 아무런 인사도 신호도 없이 일어나는 이별도 있는데 인사라도 할 수 있는 게 어디냐면서요. 죽음 앞에서 경중을 나누는 제가 진짜 몹쓸 사람처럼 느껴졌습니다.

저를 느리게 보던 눈빛이 생각납니다. 그때 저는 죽음의 냄새를 맡았습니다. 이전에도 그런 냄새를 맡은 적이 있었지만 그땐 정말 냄새가 강했습니다. 얼굴을 보자마자 미안하다고, 미안하다고, 고맙다고 엉엉 울었습니다.

당신의 눈동자가 저를 느리게 따라왔습니다. 기력도 없으면서 눈물을 닦아주려고 팔을 들기도 했습니다. 다음 날 당신의 눈동자가 탁해져 있었습니다. 그다음 날은 더 탁해져 있었습니다. 내 인생의 전부였던 사람의 눈이 시장에 널브러진 생선 눈처럼 변하는 것을 지켜보는 일은 인간으로 태어난 벌처럼 느껴졌습니다.

당신이 쓰던 모든 물건을 그대로 가지고 있는 거 알고 계십니까. 휴대폰도 제 이름으로 개통한 거였으니 계속 가지고 있으려고 했습니다. 최소한 생일에는 당신 전화번호로 메시지 하나 보내고 싶었습니다. 축하한다고요. 그것도 이제 할 수 없는 일이 되어버렸습니다. 먹고살다 보니 당신 휴대폰 요금 내는 걸 잊어버린 겁니다. 미납된 금액이 5만 원이랍니다. 고지서가 전에 살던 집으로 계속 발송된 탓에 한참 지나고 나서 알았습니다. 미납된 요금을 냈다고 해서 당신이 사용하던 번호를 그대로 쓸 수 있는 게 아니었습니다. 그 번호는 이미 다른 사람이 사용하고 있었습니다. 술에 취한 어느 새벽, 당신에게 전화를 걸고 싶었습니다. 휴대폰을 만지작거리는데 메신저에 당신 이름이 보입니다. 사진도 바뀌었다고 나오네요. 그래도 사랑하는 아빠로 저장된 이름이 사진도 바뀌고 하는 모습을 보니까 다행이다 싶었습니다. 살아있는 것처럼 느껴졌습니다. 고작 서른 좀 넘었는데 사는 게 너무 지겹습니다. 슬픈 것도 지겹습니다.

오랜 습관

앞면이 나오면 가지 않을 것이고
뒷면이 나오면 갈 것이다
동전을 던진다
다시 던진다
다시 던진다
몇 번을 던지고 나서야 멈춘다
이미 길은 마음속에 정해져 있지만
늘 동전을 던진다
쉿덩이라도 나를 믿어 주길 바라며

종각역

언젠간 너에게 일어날 일이니 너무 놀라지도 말고 무서워하지도 말고 듣거라. 너는 나이에 맞는 삶을 살지 못할 것이다. 네 또래 녀석들은 술 마시며 놀 것이고 또 누군가가 깎아주는 과일을 먹을 동안 너는 그때그때의 끼니를 걱정할 것이다. 일을 해야 할 것이고 살기 위해 땀을 흘릴 것이며 창작을 사랑한다는 이유로 방안에 혼자 있는 시간이 누군가와 함께하는 시간보다 많을 것이다.

너는 싸우고 싶을 것인데 그건 이루지 못할 것이다. 너를 사랑하는 사람이 네가 다치는 걸 손에 잡히는 눈만큼도 좋아하지 않을 테니 하늘이 말릴 것이다. 너는 노래를 하고 싶을 것인데 열두 달 중에 석 달은 목소리를 잃을 것이다. 너는 땀을 흘릴 수도 없으며 말을 할 수도 없는 상태로 석 달을 살 것이다. 꽤 자주 그럴 것이다.

눈앞에서 버스가 지나갈 것이고 너는 그 버스를 소리 내어 부르지 못할 것이다. 목소리를 석 달간 잃을 테니 말이다. 힘겹게 잡아탄 택시에서 메모장을 열고 목적지를 적을 것이다. 택시 기사는 너를 이상한 눈으로 볼 것이고 너는 사람이 서 있는데도 지나간 버스가 야속해 못 참겠는데 메모장에 적은 목적지가 공원이 아니라 공장이라 더 눈물이 날 것이다. 그래도 택시 안에서는 울지 말거라. 살면서 사랑하는 사람과 몇 번 큰 이별을 할 것이다. 그때 한 줌도 남김없이 울 거라. 다음에 누군가 다가왔을 때 먼저 안아주는 법을 배울 것이며 사랑을 자세히 할 줄 알게 될 것이다.

네 옆에 있는 사람이 많이 아플 것이다. 학교가 끝나면 너는 병원으로 가야 할 테고 계단에 앉아 울 것이다. 가끔은 화가 치밀어 오를 것인데 누구를 탓할 수도 없어 그냥 울 것이고 울음이 그치면 집으로 돌아가 노래를 만들 것이다. 밖으로 나가 폐가 터질 때까지 달릴 것이다. 하지만 너는 그 노래를 누구에게도 들려주지 못하는 삶을 살 것이다. 그래도 너는 너를 믿고 있을 것이다. 훗날 네가 노래를 부르진 못해도 너의 노랫말을 다른 사람이 불러 줄 것이다. 언젠가 될 거라는 말을 마음속에서 수천 번 외칠 것이다. 그거 하나만큼은 놓지 말거라. 그 믿음 하나 때문에 너는 될 것이다.

자주 혼잣말이 마음속으로부터 튀어나올 것이다. 그 문장을 기억하고 적을 것이며 어떨 때는 그 말에 멜로디를 붙일 것이다. 사람들은 네가 만든 걸 좋아해 줄 것이고 사람들이 좋아해 주지 않아도 너는 그 자체를 사랑하니 하던 일을 마저 해라. 어떤 동생은 형이 이상하다고 할 것이고 어떤 사람은 자기가 알던 네가 아니라고 할 것이다. 그들의 말은 무시하고 쓰던 시를 마저 쓰거라. 그들은 너를 모른다. 네가 사랑하는 것을 사랑하는 것. 그것이 삶의 가장 큰 기쁨이다.

너는 가난할 것인데 결코 돈에 눈이 먼 사람이 되진 않을 것이다. 시인이 되고 싶던 그 어린 마음을 잊지 말거라. 먼 훗날 네가 사랑하게 된 시인과 악수를 하는 날이 올 것이다. 손끝으로 온기를 나누고 술자리에서 도망쳐 편지를 쓰는 게 편한 사람이 되어도 괜찮다. 모든 글자가 지워지고 단 한마디만 해야 한다면 당신이 당신을 믿는다면 결국 어떻게든 되고야 말 것이라는 말을 하겠다. 네가 너를 믿는 그 마음만은 어디서든 잃지 말거라. 너는 어떻게든 되고 말 것이다.

노래

비가 오면

도시에서도 새 소리가 들려.

서울 한복판에서도 숲속처럼 새소리가 들린다.

비 많이 오면 바지 밑단 젖는다고

속상해하지 마.

비가 올 때 노래 부르는 아이도 있으니까.

비가 오면 한 번 흠뻑 맞아봐.

너도 노래를 부를지도 몰라.

모퉁이 가게

작은 가게가 하나 있습니다. 주인은 여럿인 곳이죠. 매일 일을 하는 사람만이 주인은 아닙니다. 그곳을 만들기 위해 전 재산을 쏟아부은 사람만이 주인은 아닙니다. 주인 중에 한 녀석이 있습니다. 예전에는 자기가 주인이라는 게 자랑스럽다는 듯 매일같이 셔츠를 입고 출근했습니다. 어깨에 힘을 주고 걷기도 했습니다. 시간이 지나자 가게의 주인이라는 건 그다지 좋은 위치가 아니라는 걸 깨달았는지 이제는 편한 옷을 입고 출근한답니다. 어떨 때는 면도도 하지 않고, 어떨 때는 전날 먹은 술 때문에 얼굴이 부어도 그냥 출근한답니다.

별로 넉살이 좋은 녀석이 아니라 손님과 많은 대화를

나누지는 않습니다. 다만 섬세한 편이라 손님이 추워 보이면 우유를 더 따뜻하게 데우고 더워 보이면 얼음 한두 개 더 넣는답니다. 어딘가 마음이 아파 보이면 자기가 먹으려고 산 초콜릿을 녹여서 커피를 만든답니다. 누군가가 대화를 나누다 갑자기 울어버리면 조용히 음악 소리를 키운답니다.

그곳에는 많은 사람이 모입니다. 백수 생활을 오래 한 친구 녀석이 마음이 적적해서 그냥 들르기도 합니다. 퇴근하고 하루를 마감하는 기분으로 매일 오는 은행원도 있습니다. 그 은행원 손님이 말하길 연애랑 운동은 할 수 있을 때 해야 한답니다. 주인 녀석에게 그런 말을 뱉으시고 정작 그 손님은 매일 저녁 게임을 하러 가십니다. 그게 늘 아이러니한 주인 녀석은 요즘 운동은 잘하고 계시느냐는 질문을 가끔 던지기도 한답니다.

어떤 아기도 있습니다. 처음 그곳에 올 땐 말도 잘 못하는 나이였는데 올해 초등학교에 입학했습니다. 이제는 말도 잘해서 주인 녀석과 마주 앉아 받아쓰기를 연습한다네요. 소방차, 자동차, 병원 같은 말을 받아쓰는 게 아니라 케이크 이름과 커피 이름을 받아쓰지만 아기가 좋아하기 때문에 어쩔 수 없다는 말을 하고는 합니다.

주인 녀석이 한 곳에서 오래 있으면서 느낀 게 있답니다. 모든 건 마음이 중요하답니다. 커피를 만드는 일도, 사람과 사람이 마주 보고 대화를 나누는 일도 모두 마음이 중요하답니다. 마음에서 툭툭 건드리는 그 반응을 알아야 하며 마음에서 시켜야 하며 마음에서 나와야 한답니다. 그래야 모든 것이 아름답고 원하는 만큼 잘 다룰 수 있답니다. 물론 기술도 필요하겠지요. 커피를 만드는 일도 사람과 사람사이에도 요령이 필요하겠지만, 그래도 그보단 마음이 우선이랍니다.

이 사람의 하루를 커피 한 잔이 안아줬으면 싶은 것. 자주 보는 손님의 끼니가 궁금한 것. 사랑을 이루지 못했더라도 그 사람을 위해 머리를 신경 써 만지던 그 마음. 마음이 가장 애틋하고 가장 소중하답니다. 마음. 이 두 글자만 소리 내어 읽어도 어딘가 뜨거워지지 않습니까.

마음…. 마음….

5월

8년 전에 동네에서 누나와 같이 작은 카페를 영업할 때였다. 선선한 바람이 불어오는 5월에 시작했다. 시간이 흐르자 한가했던 가게에 많은 사람이 찾아왔다. 저녁엔 동네에 사는 사람들이 찾아왔고 낮에는 주변에서 직장생활을 하는 사람들이 문을 열고 들어왔다.

그 사람은 은행원이었다. 문을 연 지 얼마 되지 않았을 때 동료와 수줍게 들어와서는 이런 곳을 기다렸다며 먼저 인사를 건네주던 사람이었다. 그날도 오늘처럼 빛이 좋았다. 누나와 나는 그분을 좋아했다. 많은 이야기를 나누지 않아도 좋은 사람이라는 게 느껴지는 사람이었으니까. 가을 하늘처럼 순수해 보이면서도 어떤 숲처럼 단단해 보였다.

매일 오다시피 했다. 한 2년을 그랬을 것이다. 오렌지색 소파에 앉는 것을 좋아했다. 물이 들어간 것보단 우유 들어간 것을 좋아했다. 든든하다는 게 이유였다. 가끔 나에게 초콜릿을 주기도 하고 나도 선물 받은 케이크가 있으면 너무 많다면서 나눠주고는 했다. 그렇게 적당한 거리, 그보다는 가까운 마음으로 지냈다. 그러던 어느 날, 다른 곳으로 발령됐다면서 곧 동네를 떠난다는 말을 건네 왔다. 마지막 날 선물로 커피를 드렸다.

그렇게 그 사람은 우리 동네를 떠났다. 3년 정도 지나고 나도 카페를 정리했다. 시간은 훌쩍 흘러 카페를 정리한 지도 몇 년이 지났다. 업무를 볼 일이 있어서 은행에 들렀다. 간단한 업무였는데 나를 상대해주시는 직원은 출근한 지가 얼마 안 된 것처럼 보였다. 간단한 일을 보는데도 한참을 기다렸다. 옆 창구에는 한 할머니가 계셨다. 무언가를 가입하고 계셨는지 직원분께서 열띤 설명을 해주고 있었다. 얼핏 들리는 목소리가 익숙했다. 들으면 들을수록 더 익숙하게 다가오는 목소리에 단번에 떠오르는 사람이 있었다. 그래, 그때 그 사람. 계속 들으면 들을수록 점점 확신에 찼다. 저 목소리, 저 말투. 마음속에서 올라오는 것 같은 선함. 나는 그 사람이 맞는지 확인을 해보고 싶었다. 얼굴을 다 가릴 만큼 높은 창구 사이로 곁눈질을 하다가 마스크로 다 가려진 얼굴을 봤다. 다 가린 얼굴과 아무리 오랜만에 보더라도 단번에 알아볼 수 있을 정도로 아름다운 눈이 여전했다. 그 사람이 맞았다.

어떻게 이렇게 마주칠 수 있을까. 얼마 전에도 이 은행에 왔었는데 그땐 보지 못했다. 며칠 사이에 이곳으로 오신 걸까. 근무지가 바뀐 걸까. 여러 생각을 하다가 그만 생각하기로 했다. 한참 걸리는 직원 덕분에 난 그분과 한 칸 떨어진 창구에서 오래오래 그 목소리를 들을 수 있었다. 생각해보니 이름조차 모르고 있었다. 은행을 나가는 길에 인사를 건네볼까. 그러기엔 편하게 입고 나온 옷차림이 신경 쓰였다. 살짝 이름표라도 볼까. 그러기엔 또 안경을 차에 두고 왔다. 이러지도 저러지도 못한 채 업무를 마쳤다. 이대로 가는 게 아쉬워서 뒤를 돌았다. 열심히 설명 중인 그 사람을 바라보며 나만 알 수 있을 정도로 살짝 웃었다.

걷고 싶어서 엘리베이터를 타지 않고 계단으로 걸어 내

려왔다. 잘 지내는지 가끔 알고 싶을 때가 있었다. 그분에게 내가 어떤 사람이었는지는 몰라도 나에겐 좋은 사람이었으니. 점점 더 이상해지는 것 같은 세상에서 잘살고 있는지 한 번은 묻고 싶었다. 예고 없는 만남으로 일렁이는 마음을 앉고 작업실로 향했다. 시계를 보니 곧 점심시간이었다. 오늘 그 사람이 점심을 맛있게 먹었으면. 그 사람이 세상에 친절했던 것처럼 세상도 그녀에게 친절했으면. 나에게 좋은 기억을 심어줬으니 그 사람에게도 오늘 좋은 기억 하나 생겼으면 좋겠다고 생각했다. 창문으로 선선한 가을바람이 불어왔다. 그 바람 속에서 5월의 장미 냄새가 얼핏 맡아지는 것 같기도 했다. 마치 그 사람이 나에게 답장이라도 하는 것처럼.

잘 지냈어요? 나도 반가웠어요, 라고.

우리는 함께였으니까요.

우리여서 좋았습니다.

2부

사람

제일 어렵고 무서웠으며
또한 가장 따뜻했다

그때의 그 눈빛

우리는 정말 맞지 않았고
인연 또한 아니었다는 말을 뱉는
당신에게 묻습니다
그럼 그때
서로를 바라보며
아이처럼 웃던 미소는 무엇이었습니까

잠

그날은 누워만 있었다. 열이 40도까지 오르자 내가 할 수 있는 건 누워서 잠을 자는 일뿐이었다. 상태가 여간 심각한 게 아니었지만 집에는 아무도 없었다. 안 되겠다 싶어서 병원 가려고 차 열쇠를 들었지만 운전할 자신이 없었다. 문 앞까지 기어나갔다가 병원으로 가지도 못하고 그곳에서 잠시 잠들었다. 내가 할 수 있는 일이라고는 집 안에 있는 한 알 남은 종합 감기약을 먹는 것이었다. 정신을 약간 차리고 침대에 누워 누군가가 집으로 들어와 약을 사다 주기를 기다리는 일이었다. 때마침 아버지가 오셨다. 아버지는 온종일 아무런 인기척이 없어 보이는 집 안이 이상하게 느껴졌는지 내 방문을 여셨다. 아버지께서 급하게 사다 주신 약을 먹고 옷을 벗고 있었더니 그제야 열이 내리기 시작했다.

가만히 누워 온종일 불이 켜지지 않았던 방안을 들여다봤다. 몇 가지 생각이 끓는 머리 사이로 스며들었다. 음식을 잘못 먹어서 아픈 것 같았다. 전에도 몸 상태가 안 좋던 때에 날음식을 먹은 적이 있었다. 평소 제일 좋아하는 음식인데도 몸이 좋지 않으니 독이 된 것만 같았다. 불현듯 다른 생각도 났다. 속상한 일이 많을 때마다, 그리고 생각이 정리되지 않을 때마다 습관처럼 잠을 청하던 사람. 그를 그토록 이해할 수 없었는데 이제 조금은 알 것 같다. 잠은 생각보다 많은 고통을 잊게 해 준다는 걸. 뜨겁게 끓던 내가 오늘 할 수 있는 건 잠을 자는 것밖에 없었던 것처럼. 어쩌면 인간이 밤에 잠드는 건 하루가 너무 고달파서가 아닐까. 오늘도 우린 잠이 들 것이다.

우리가 만나는 곳

나는 대학교를 두 번이나 자퇴했다. 대학이라는 곳이 나와는 맞지 않는다고 느꼈기 때문이다. 고등학교도 별로 다니고 싶어 하지 않던 내가 대학교에 들어가게 된 것에는 여러 이유가 있었다. 하나는 좋은 선생님을 만난 덕분이었고 또 다른 이유는 평범하게 살고 싶어져서였다. 나와는 다르게 평범한 모습으로 공부하는 또래 친구들이 부러웠다. 그래도 평소 공부의 끈을 놓고 살던 사람은 아니었던지라 빠르게 적응할 수 있었다. 주변 친구들이 많이 도와주기도 했고 당시 담임선생님께서 나를 믿어주고 계셨기 때문에 제법 공부할 맛도 났다. 그렇게 사회가 원하는 기준에 조금이라도 닿아볼 수 있는 서울 4년제 대학교에 입학했다.

문제가 있었다. 다니면 다닐수록 나와 맞지 않는다는 걸 깨닫기 시작하면서부터였다. 얼추 크기는 맞았으나 내가 좋아하는 색이 아닌 옷을 입은 기분이었다. 무엇을 배워도 마음이 뜨거워지지 않아서 고민하던 찰나 집에 일도 생겼다. 그렇게 겸사겸사 대학교를 자퇴했다. 그리고 한 계절이 지났다. 당시 만나던 여자친구의 부모님께서 무엇을 하든 대학은 나와야 하지 않겠냐고 말씀하셨다. 내가 가장 사랑하는 사람인 우리 누나도 무엇을 하든 학교는 다니면서 했으면 좋겠다는 말을 건네왔다. 여차여차 공부를 시작해서 다시 대학교에 들어갔지만, 여전히 아닌 곳은 아니었다. 또다시 자퇴했다. 그 뒤로는 학업에 대해 일말의 고민조차 하지 않았다.

많은 사람이 무조건 이뤄야 한다고 생각한다. 사랑을 시작하면 결실을 보아야 하고 꿈을 위해 손을 뻗었으면 무언가라도 잡아야 한다고 생각하지만, 나는 그렇게 생각하지 않는다. 그것이 나와 맞지 않는다는 것을 깨닫는 것 또한 엄청난 성과다. 대학교가 나와 맞지 않다는 것을 깨달았던 덕분에 학교를 나와야만 할 수 있는 모든 것들이 내 리스트에서 지워졌다. 선택의 폭이 훨씬 좁아졌기 때문에 사랑하는 것을 더 사랑할 수 있었다.

우린 모두 목적지가 불확실한 기차를 타고 있다. 내가 생각하는 젊음이라는 것은 역과 역 사이가 촘촘하게 존재하는 시기를 뜻한다. 나이가 아니라 시기라고 표현하는 이유는 신체 기관과는 상관없이 마음이 여전히 뜨겁고 눈빛이 살아있으며 무언가를 잡기 위해 힘을 쏟을 수 있다면 젊음이라고 생각하기 때문이다.

대학 입시를 준비하는 수험생, 어딘가에서 다른 시험을 위해 사는 사람, 삶에 저녁이 없어져 버린 사람, 미래를 위해 오늘을 포기하는 사람, 책임감 때문에 나를 잃어버린 사람까지, 우린 모두 다 젊다. 그러니 가능한 한 많은 곳에 내리고 가능한 한 많이 울고 가능한 한 많이 경험하길 바란다. 이것이 나와 맞지 않다는 걸 아는 것 또한 얻는 것이라는 걸 기억하길 바란다. 몇 해가 지나면 기차가 어느 역에 서더라도 그곳은 나와 맞지 않는다며 내리지 않을 것이다. 그렇게 흘려보낼 건 흘려보내고 내리고 싶은 역에 내리며 살다가 우리 행복 앞에서 만나자.

검둥이

오랜 시간 예술을 사랑했던 나의 첫 결과물은 책이었다. 예상했던 일은 아니었다. 어떤 한 분야를 사랑할 때마다 내가 선택한 분야에서 결과물을 낼 수 있을 거라고 생각했다. 하지만 사는 일이 어디 마음먹은 대로 됐던가. 깨지고 부서진 조각들이 한 무더기로 쌓였을 때야 비로소 결과물을 던질 수 있었고 그 결과물은 책이었다. 남들이 선택하는 것과는 조금 다른 삶을 선택한 지 십 년이 돼서야 손에 무언가를 쥘 수 있었다. 유명세를 위해서 선택했던 건 아니지만 그래도 관객이 있으면 나아갈 힘이 생긴다. 그전까지 나는 어떤 관객도 없이 무명으로 십 년이라는 시간을 견뎌야 했다.

흔히들 예술을 배고픈 일이라고 말하는 이유는 수입과 지출의 균형이 맞지 않기 때문이다. 습득하고 다듬고 세상에 던지기 위해서는 많은 시간과 돈이 필요하지만, 그 수입은 보통 반절도 안 된다. 시험처럼 합격점수가 있는 것도 아니라 언제 빛을 볼 수 있을지조차 알 수 없다. 현실과 타협해서 안정적인 삶으로 돌아가고 싶더라도 배운 게 도둑질이라고 쉽게 떠나지도 못한다. 내가 사랑하는 것을 사랑하겠다는 이유로 열여덟 살부터 지금까지 일을 쉬어본 적이 없었고 그동안 번 돈의 반은 창작을 위해 사용했다.

첫 책이 세상이 나오고 초판 인세를 받았을 때 기분은 평생 잊지 못할 것이다. 내가 던진 결과물이 사람들의 사랑을 받은 것도 신기했는데 그 안에 돈도 같이 담겨있었다. 처음 낸 책의 초판 인세, 모든 게 다 처음이었던 소중한 돈을 어디에 쓸까 고민하다가 기부하기로 했다. 엄청 큰돈도 아니었고 내가 태어나서 벌어본 돈 중에 가장 뜻깊었으니 가장 뜻깊은 곳에 쓰고 싶었다. 두 곳을 정했다.

한 곳은 예전에 양초를 만들어서 팔았던 수익금으로 기부한 보육원이었고, 다른 한 곳은 동네에 있는 유기견 보호였다. 유기견 보호소를 선택한 건 검둥이 때문이었다.

어린 시절 대부분을 시골에서 보낸 내게는 집이 좋고 안 좋고를 떠나서 항상 강아지를 키울 수 있는 공간이 있었다. 강원도에 살 때는 강아지를 마음대로 풀어놔도 괜찮았다. 저녁이면 여느 시골 강아지처럼 집으로 돌아왔고 강아지가 마음껏 뛰어놀 만큼 넓은 논이 많았다. 우리 가족은 모두 강아지를 좋아했기 때문에 늘 강아지와 함께 지내왔다. 김포로 이사 오고 한 해가 지나서 강아지 한 마리를 키웠다. 떡볶이를 사 먹으러 갔는데 마침 분식집 강아지가 새끼를 낳은 지 얼마 안 됐다고 했다. 한참 구경하고 있으니 주인아주머니께서 한 마리 데려가라고 하셨다. 잘 키울 거 같다면서. 강아지를 데려갈 땐 돈을 주고 데려가야 강아지가 아프지 않다는 주인아주머니 말에 동전 하나를 주고 데려온 녀석이었다.

강아지 이름은 직관적으로 짓게 된다. 하얀 털이었던 강아지는 흰둥이였고 갈색이었던 강아지는 갈돌이였다. 떡볶이집에서 만난 강아지는 털이 온통 검은색이라 검둥이라고 지었다. 그때가 열네 살이었다. 그때를 생각해보면 내 하루하루는 온통 방황투성이였다. 학교에서는 매일 싸우기 바빴고 학교가 끝나면 아이들은 대부분 학원으로 향했지만, 나는 어디로도 가지 못한 채 나처럼 방황하는 아이들과 동네에 머물 뿐이었다.

검둥이를 키우고 나서부터는 집에 일찍 들어가고 싶어졌다. 검둥이가 새끼일 땐 보살펴주고 싶어서 일찍 들어갔고 검둥이가 컸을 땐 같이 놀 수 있어서 일찍 들어갔다. 그렇게 방황 가득했던 시기를 검둥이와 같이 보냈다. 검둥이 덕분에 조금씩 마음이 치유되는 것 같기도 했다.

검둥이와의 이별이 찾아온 건 내가 열여섯일 때였다. 고등학교 진학을 코앞에 두고 우리 가족은 이사를 해야 했다. 문제는 집안 사정이 많이 안 좋아져서 반지하로 이사 가야 한다는 것이었다. 온 식구가 살기도 좁은 곳에서 강아지를 키울 수는 없었다. 아버지 지인이 검둥이를 데려가기로 하고 우린 준비 없이 이별을 맞이했다. 더욱 야속했던 건 검둥이를 먼저 보냈으면 좋았을 텐데 이사하는 날이 검둥이가 떠나는 시간보다 좀 더 빨랐기 때문에 검둥이는 아침부터 저녁까지 혼자 텅 빈 집에 묶여 있어야 했다는 사실이었다. 해가 지면 완전히 이별해야 할 검둥이가 보고 싶어서 학교가 끝나자마자 원래 살던 집으로 향했다. 몰래 검둥이의 얼굴만 한 번 보고 오려고 일부러 평소에 걷던 길 말고 돌아서 갔다. 그런데 집에 가까워지자 어떻게 알았는지 검둥이가 목이 찢어져라 우는 것이다. 혹시 나 때문일까 싶어서 나무 뒤에 숨어서 봤는데 검둥이도 나를 보고 있었다. 세상에서 가장 슬픈 표정으로 울며 목줄이 끊어지라 움직이는 녀석을 더 볼 수가 없어서 미친 듯이 뛰었다. 그리고는 어느 차가운 돌계단에 앉아서 울었다.

강아지 한 마리와도 함께 살게 해주지 못하는 아버지를 원망했다가 검둥이 집 하나 사줄 돈이 없는 나를 원망하면서 주저앉았다. 그때의 기억이 너무 커서 평생 강아지를 키우지 않겠다고 다짐했다. 지금도 주변에 강아지 키우는 친구가 있으면 강아지를 보러 놀러 가기도 하고 지나가다가 유기견을 만나면 편의점으로 뛰어가 먹을 것을 잔뜩 사 오고는 이름을 지어 애타게 부르기도 한다. 가끔 강아지와 함께하고 싶은 생각이 강하게 들 때면 이런저런 생각을 해보지만 결국 키우겠다는 마음을 먹진 못했다.

내가 죽어서 여러 곳을 거닐게 된다면, 아마 무지개다리 근처도 지날 것이다. 무지개다리 건너편에는 세상 모든 강아지가 주인을 기다리고 있을 것이다. 검둥이는 나를 발견하면 숨 한번 안 쉬고 내게 달려올 것이다. 나를 보고 울면서 몸부림치는 검둥이를 꽉 껴안아 주고 싶다. 온몸을 다 쓰다듬어 주면서 미안하다고 말하며 열여섯 살, 그때처럼 울고 싶다.

이별

조금만 좋아할 걸 그랬다
이렇게 오랫동안 아플 거면
어차피 이렇게 아플 거면
차라리 후회라도 하지 않게
더 모든 걸 쏟아부어서
미친 사람처럼 사랑할 걸 그랬다
기쁠 땐 기뻐서 생각나고
슬플 땐 슬퍼서 생각나고
아름다운 걸 보면 아름다워서 생각나는
이별을 어쩌면 좋을까
여행 갔다 오는 길이면

당신 선물을 꼭 사던 버릇 때문에

예쁜 소품을 파는 가게 앞에서도

그 동네에서만 먹을 수 있다는

음식 앞에서도

한참을 망설이게 되는

이별을 어쩌면 좋을까

아름다운 게 단지 아름다워야만 하는데

당신과 함께 올 수 없다는 사실 때문에

마음 저릿한 풍경으로 바뀌는

이별을 어쩌면 좋을까

모든 경우의 수를 대입하여

당신과 조금이라도 더 함께 있을 수 있었을

모든 가능성을 생각하다가

당신에게 하고 싶은 말을

생각하고 또 생각하다가

결국 보고 싶다는 말 한마디로 이어지는

이 이별을 어쩌면 좋을까

갈남항

고장 난 사진기처럼
소리가 녹음되지 않는 곳
사람은 있어도 소리는 없는
파도의 질척임과
새소리만 가득한 곳
한때 배가 드나들던 곳이랬다
사람이 사랑에게 정박하고
어부들은 삶의 빚을 묶어 두고
살던 곳이란다
등대는 여전히 빨갛고
방파제는 여전히 누군가를 기다린다

파도는 오늘도 무언가로부터

도망가고 싶어 하는 곳에

유일한 한 사람의 말

한때는 그랬지

한때는 그랬지

포장마차

그곳을 처음 찾아가게 된 건 우연이었다. 포장마차가 가고 싶었던 어느 날, 몇 해 전의 기억을 더듬어 신촌으로 향했다. 이십 대 초반일 때만 해도 신촌에는 포장마차 거리가 있었다. 당시 내가 살던 동네에서 신촌까지 가는 직행버스 정류장 근처였다. 여전히 그곳에 포장마차가 있을 것이란 생각에 서둘러 향했지만, 그곳은 깨끗한 공원으로 바뀌어 있었다. 포장마차는 눈을 씻고 봐도 찾아볼 수 없었다.

떡볶이를 파는 주변 상점에 술 마실 수 있는 포장마차를 혹시 아시느냐고 여쭤보았더니 그곳을 알려주셨다. 그렇게 처음 알게 된 이후로는 줄곧 그곳으로 술을 마시러 갔다. 음식도 맛있고 양도 많아서 저녁밥처럼 먹기에 도 좋았다. 그곳으로 간 횟수는 많았지만 실제로 음식을 먹고 술을 마신 건 몇 차례 되지 않는다. 닫혀 있던 날이 많았다. 오랜만에 문이 열려 있던 어느 날, 반가운 마음에 평소 건네지 않는 농담을 이모님에게 건네기도 했다. "저번에 왔는데 문이 닫혀 있어서 울면서 다른 곳으로 갔어요." 이모님은 아파서 그날 하루 쉬었다며 미안하다고 말씀하셨다.

안주를 시켰다. 여느 때처럼 접시 위에 음식이 가득 쌓여 있었다. 푸짐하게 쌓인 안주의 맛과 공간의 따뜻한 분위기는 좋은 사람의 좋은 마음으로부터 나온 온기 덕분이 아닐까 싶었다. 같이 온 동료들이 담배를 피우러 밖으로 나가자 이모님은 내게 오더니 담담히 이야기하셨다.

"다음 달까지만 할 것 같아. 부지런히 와."

영업을 그만두시는 이유가 건강상의 이유인지 허가의 문제인지 알 수 없었으나, 우리가 있었던 두 시간 동안 단 한 명의 손님도 들어오지 않았다.

세상의 구석을 사랑하는 사람이 늘어났으면 좋겠다. 하루가 다르게 새것이 나온다. 낡은 것은 허물고 더 새롭고 더 좋은 것을 짓는다. 사람이 없는 곳에서는 계속 사람이 없어지고 이미 충분히 발자국이 찍힌 곳에만 사람이 넘친다. 물론 그것 또한 의미는 있겠다. 다만 모든 걸 갈아엎진 말아야 한다. 누군가 그곳으로 간다고 모두 그곳에 가진 말아야 한다. 어느 구석에 이런 곳 하나쯤은 있어야 하지 않겠는가. 배고픈 이들이 주머니 걱정 덜하며 들를 수 있는 곳 하나쯤은 있어야 하지 않겠는가. 모든 게 바뀔 것이고 모든 게 변할 것이고 모든 게 떠날 것이다. 다만 하나쯤은 그대로 두어도 된다.

변화

지금까지 해왔던 일을 그만두고 새로운 일을 시작해야 할 때가 있습니다. 저는 이것 역시 이별이라고 생각합니다. 직장을 그만두거나 오래 준비하던 공부를 멈출 수도 있습니다. 그만두거나 멈추거나 옮기지 못해 고민만 길어질 수도 있습니다. 오래 하던 일이나 오래 준비하던 것을 그만두는 기분을 압니다. 매일 검은 색 옷을 입던 사람이 화려한 옷을 입고 좋아하는 사람 앞에 서는 것보다 어려운 그 기분. 새로운 것을 잘할 수 있을지 자신에게 의문도 들고 이제 무엇을 하기엔 너무 늦은 것 같다는 생각만 가득한 기분. 그런 생각이 들 때마다 한 정신과 의사가 했던 바닷가재 이야기를 떠올립니다.

바닷가재는 몸이 연합니다. 그 연약한 몸을 보호하기 위해 딱딱한 껍데기 안에서 평생 살아갑니다. 딱딱한 껍질은 절대 늘어나는 일이 없어서 몸이 자랄수록 껍데기는 연한 몸을 점점 조여옵니다. 몸이 커질수록 압박이 심해지는 것입니다. 고통이 느껴지면 바닷가재는 안전한 바위 밑으로 찾아 들어갑니다. 그곳에서 기존의 껍질을 버리고 새로운 껍질을 만드는 것입니다. 하지만 시간이 지나면 바닷가재의 몸은 다시 자라고 새 껍질도 이내 불편해집니다. 그럼 바닷가재는 다시 또 바위 밑으로 들어가 기존의 것을 버리고 새로운 껍데기를 만듭니다. 이 과정을 셀 수 없이 반복합니다.

바닷가재가 자랄 수 있었던 힘은 결국 불편함과 고통으로부터 온 것들이었습니다. 불편함이나 고통이 느껴지지 않았다면 바닷가재는 영원히 같은 크기였을 것입니다. 만약 당신에게 어떤 일이 일어나서 견디기 어려울 만큼 괴롭다면 당신이 성장할 때가 되었음을 알리는 신호라고 생각하라는 의사의 말을 떠올립니다. 사는 건 계획대로 흘러가는 순간보다 그렇지 않은 날이 훨씬 더 많을 것입니다. 그 사이에서 나에게 일어나는 일을 어떻게 바라보느냐에 따라 앞으로의 청사진이 달라질 거라고 믿습니다. 부디 당신을 힘들게 하던 일이 당신을 가장 좋은 곳으로 데려가 주길 바라겠습니다. 시간이 지나면 그때 그 순간 덕분에 더 나은 삶을 살 수 있었다고 말하는 날이 오기를 바라겠습니다.

사탕

아무리 생각해봐도 나는 정에 약하다. 어느 정도냐면 편의점은 말 그대로 편의를 위한 곳이니 가까운 곳으로 가는 사람이 대부분일 테고 당연한 일일 테지만, 나는 조금 더 사람 냄새가 나거나 다정한 직원이 있는 곳으로 일부러 돌아갈 정도다. 왜 이런 성향을 갖게 된 건지 고민해본 적이 있었다. 아무래도 그동안 살아온 삶 전체가 영향을 미친 것 같았다. 어릴 때부터 지금까지 생활했던 모든 곳이 다 사람 냄새 나는 곳이었다. 학교도 동네도 어느 것 하나 소소하고 소박하지 않았던 곳이 없었다.

내가 가진 서정성이나 정을 중요하게 생각하는 가치관이 자리 잡은 건 강원도에 있을 때부터였다. 주변에 제대로 된 슈퍼 하나도 없었으며 겨울에는 영하 20도까지 떨어질 정도로 외진 곳이었다. 그곳에서 초등학교 6학년 때까지 살았다. 시골 마을이었으니 한 학년에 반이 두 개밖에 없었고 그마저도 아이들이 많이 없었다. 또래 친구들끼리는 두루두루 친하게 지냈지만 그만큼 다투는 날도 많았다.

그날도 친구와 별거 아닌 일로 다툰 날이었다. 당시 담임선생님은 우리에게 학교가 끝나고 남아있으라고 했다. 그리고는 말씀하셨던 대로 학교를 마치고 남아 있는 우리에게 어떤 이유로 다퉜는지를 물어오셨다.

우리는 서로 자기의 잘못이 아니라고 우겨댔다. 선생님은 당연히 그럴 줄 알았다는 듯이 가만히 이야기를 들으시더니 사탕을 하나씩 주셨다. 단것을 먹으면 사람이 솔직해진다면서 누가 잘못했는지 솔직하게 말해보라고 하셨다. 친구가 잘못을 시인했는지 아니면 내가 잘못을 시인했는지까지는 기억이 나질 않는다. 다만 내가 기억하는 건 사탕을 먹고 화해를 했다는 것과 화해가 끝나자 선생님은 우리를 시장으로 데려가셨다는 것이다.

그곳에서 선생님은 바지를 하나씩 선물해주셨다. 날이

추운데 바지가 너무 얇아 보인다면서. 나는 노란색 바지를 선물 받았다. 스키복처럼 겉은 비닐 재질인데 안에는 기모가 덧대어져 있는 따뜻한 바지였다. 그 바지를 볼 때면 마음이 편안해져서 한동안 그 바지만 입었던 기억이 있다. 그 일이 있고 얼마 지나지 않아서 선생님은 동해 근처로 전근을 가셨고 나도 그다음 해에 경기도로 이사를 하게 됐다.

시간이 흘러서 중학교 2학년이 됐을 때였다. 학교가 일찍 끝난 탓에 집으로 돌아왔을 때도 해가 쨍쨍한 오후였다. 거실에 앉아 있다가 문득 그때 그 선생님이 보고 싶어졌다. 이유는 없었다. 정말 불현듯 그 선생님 생각이 났다. 이사 올 때 이것저것 담아둔 박스를 꺼내 코팅된 종이 하나를 찾았다. 그전에 다니던 초등학교의 각 부서 번호가 적혀 있는 종이였다. 남들 앞에 설 때면 귀가 빨갛게 달아오를 만큼 부끄러움이 많은 사람이지만 그날은 어디서 났는지 모를 용기가 내 안에서 들끓고 있었다. 이제는 목소리도 제법 굵어졌는데 이사 오기 전에 다녔던 초등학교에 전화를 걸어 동해로 전근 간 선생님의 학교 전화번호를 물었다. 떨리는 마음으로 전화를 걸었다.

선생님은 내가 생각한 것보다 나를 반갑게 맞이해주시지 않았다. 목소리가 제법 굵어진 탓인지 시간이 흘러서인지 모르겠지만, 갑자기 전화를 걸어온 내가 당황스럽다는 듯한 목소리였다. 짧은 대화를 끝마치고 전화를 끊었다. 나에게 어떻게 그런 용기가 났는지 모르겠다. 그리고 선생님은 왜 반갑게 나를 맞이해주지 않으셨는지 모르겠다. 그래도 마음은 사탕 한 알을 먹은 것처럼 달았다.

폭설

눈이 많이 와서 모든 도로가 통제된 날
지하철을 타고 오래 걸어서
음식을 포장해왔다
우리가 좋아하는 드라마를 틀어놓고
늦은 저녁에 소주를 마셨다
세상은 온통 하얗고 길거리엔 사람 하나 없던 시간
우리가 어딘가에 버려진 것 같았던 시간

흉터

얼마 전 한 지인이 책 한 권을 추천해줬다. 교토에 관한 이야기가 담긴 책이었다. 책을 건네받고 몇 장 읽기 시작했다. 책 초반부에는 교토에 있는 삼각김밥 집 이야기가 나온다. 음식보다는 그곳에서 일하는 사람에 초점이 맞춰져 있다. 얼굴에 큰 흉터가 있는 사람이었다. 내 오른쪽 뺨에도 큰 흉터가 있었다. 입 바로 옆에서 시작돼 눈 밑까지 이어지는 큰 흉터. 날카로운 것에 긁혔다. 심지어 피부 결 반대 방향으로 상처가 나서 깊이도 깊었고 굉장히 잘 보였다. 길이 또한 4cm는 족히 넘었으니까. 다쳤을 당시에 치료를 제대로 받지 못해 흉터가 됐다. 제대로 치료를 받았더라도 흉터가 될 수 있을 정도로 큰 부상이긴 했지만.

오래 함께했던 흉터라 나에게는 익숙했지만 주변 사람들에게는 익숙하지 않았다. 내 이름을 잘 기억 못 하는 사람들 사이에서는 얼굴에 칼자국이 있는 사람으로 불리기도 했다. 흉터를 지워야겠다고 마음먹은 건 단순한 이유에서였다. 얼굴 한복판에 그렇게 큰 상처가 있으니 지워야 할 것만 같아서였다. 오래전 인천에 있는 한 병원에서 레이저로 흉터를 지웠다. 아무는 동안은 흉터가 빨갛게 부어 있어서 내가 보기에도 징그러운 시간을 견뎌야 했다. 병원에서 하지 말라는 짓은 절대 하지 않고 꼬박꼬박 치료를 받았더니 어느새 빨갛게 부어 있던 살이 가라앉았다. 한참이 흐른 지금은 술을 마시거나 감정이 변하면 조금 빨개지긴 하지만 가만히 있으면 눈치채지 못할 정도로 티가 나지 않는다.

얼굴에 흉터가 없는 사람은 있지만, 마음에 흉터가 없는 사람은 없을 것이다. 잊기 힘든 기억이나 아픔을 직면하는 게 좋을 때도 있고 정말 덮어 두고 사는 게 좋을 때도 있다고 생각한다. 흉터를 대하는 자세가 어떤 게 옳은 것인가에 대한 정답은 없다. 다만 내 경험으로 미루어 보았을 땐 덮어 두고 싶은 흉터도 한 번은 꺼내서 지워줘야 한다는 것이다. 그래야 덮어 두고 살더라도 훨씬 빠르게 잊힌다. 마음에 꾹꾹 쓰인 글씨를 지우면 자국은 남을 테지만, 시간이 지나면 어떤 말이었는지 알아보기 힘들게 되는 것처럼.

사계절 한 사람

날이 추워질 때쯤 만나서
주머니 하나에 손 두 개 포개어 걷고 싶다
어느새 날이 풀렸다며
봄에는 벚꽃 보러 조용한 곳으로 떠나고
여름에는 덥다며 투덜거리다가
아이스크림 하나씩 손에 들고
그늘을 걷고 싶다
가을에는 도시락 싸서 가까운 공원에
종일 나태하게 누워있고 싶다
어느새 우리가 처음 만난 계절이 돌아왔다며
소박하게 만든 음식에 술 한잔하고 싶다

계절은 바뀌어도 당신은 그대로 있어 주세요

우리 사이에 무슨 일이 생겨도 그대로 애틋해 주세요

먼 곳에 있는 당신께

옛날에 만났던 사람이 있습니다. 제가 헤어지자고 했습니다. 오래 만났는데 이제 안 되겠다 싶었습니다. 그래서 헤어지자고 했습니다. 그랬더니 그 사람이 도로로 뛰어들었습니다. 달려가서 잡았지요. 뭐하냐고 미쳤냐고 정신 차리라고 어깨를 흔들었는데 눈에 초점이 하나도 없었습니다. 놓으랍니다. 갑자기 아파트 단지로 달려갔습니다. 따라갔습니다. 근데 눈앞에서 사라진 것입니다. 전 또 걔가 어디 옥상 가서 뛰어내리는 줄 알고 그 야밤에 남의 아파트 계단을 다 뒤졌습니다. 자기가 살던 집 바로 옆 동 계단에 앉아서 울고 있었습니다. 안 되겠답니다. 못 헤어지겠답니다. 차라리 죽는 게 나을 거 같답니다.

몇 년이 지나고 제 생일이었습니다. 어릴 때부터 생일 때마다 안 좋은 일이 생겨서 생일을 싫어합니다. 또 안 좋은 일이 생길까 봐 혼자 집에 있는데 문득 억울한 겁니다. 친구들 불러서 술이나 마셔야겠다 하고 술자리에 나갔는데 애들이 다 양복을 입고 왔습니다. 알고 보니 걔가 그날 결혼한 겁니다. 내가 헤어지자고 하니까 도로로 뛰어들었던 애가 제 생일날 결혼한 겁니다. 제가 생일을 끔찍하게 싫어하는 걸 알면서.

또 어땠나요. 원룸에 살 때, 크리스마스였나 새해 하루 전날이었습니다. 새벽까지 일하다가 집에 들어와서 그때 만나던 애랑 술을 마셨습니다. 평소에 좋은 곳 많이 갔으니 오늘 하루만 봐 달라고 했습니다. 방바닥에 앉아서 티브이도 안 틀고 옷장에 기대서 종이컵으로 술이나 마시는데 저한테 좋답니다. 제가 술을 대하는 자세가 좋답니다. 제가 술을 좋아해서 좋답니다. 제가 인생 처음으로 수술을 받던 날, 그 친구는 제 걱정도 안 하고 밖에서 술을 마셨습니다. 내가 마시는 술이 좋았던 게 아니라 그냥 술이 좋았던 겁니다. 저는 또 제가 마셔서 좋아하는 줄 알았습니다.

그런 일도 있었습니다. 별일 없었던 사이였습니다. 진

짜 서로 뭘 한 게 없었는데 저를 좋아했답니다. 정확히 기억나진 않습니다. 좋아했었다고 말했는지 아니면 좋아한다고 말했는지요. 아무튼 내가 다른 사람들하고 달랐답니다. 그 말 듣고 나니까 저도 그때부터 그 사람이 좋아지는 겁니다. 뭐하냐고, 밥 먹자, 술 먹자, 눈 충혈되고 실핏줄 다 터질 때까지 일했는데 잠도 안 자고 메시지 오자마자 답장했습니다. 근데 이제는 제가 싫답니다. 이유는 안 물어봤습니다. 저는 저 좋다는 사람한테는 왜 좋아하냐고는 물어봐도 싫다는 사람한테는 이유 안 물어봅니다. 그거 고친다고 그 사람이 나 안 싫어하는 거 아니거든요.

제가 사랑 믿을 거 같나요? 저는 안 믿습니다. 헤어지면 나 진짜 죽을 거다. 영원히 옆에 있겠다. 너밖에 없다. 이런 말 다 안 믿습니다. 변덕스럽거든요 사랑은. 제가 당신에게 이런 얘기하는 것도 웃깁니다. 당신은 자꾸 내가 안 하는 이야기까지 하게 만드네요. 우리 같이 밥 먹어요. 같이 산책도 하고 술도 마셔요. 영화도 보고 내키면 키스도 해요. 만약 제가 다시 사랑이 하고 싶어지면 그건 사랑이 필요해서 당신을 만나는 게 아닐 겁니다. 당신이 좋으니 다시 한번 사랑을 믿어볼까 하는 겁니다.

사랑해요

한마디를 건네기 위해 온몸이 젖었어도
모든 상처를 꿰매야 했음에도
말하지 못해 자주 얼굴이 빨개졌음에도
사무치게 하고 싶었던 말

술과 관계

술과 인간관계가 닮았다는 생각을 합니다.

그때도 좋아했던 건 아니지만, 이십 대 초반만 해도 저와 맞지 않는 사람들과 함께 시간을 보내기도 했습니다. 지금은 불편한 관계가 있으면 절대 가지 않지만 그땐 불편한 사람이 있더라도 함께 자리를 하고는 했습니다. 내가 무엇을 좋아하고 무엇을 싫어하는지. 어떤 사람이 나와 맞고 어떤 사람은 나와 맞지 않는지를 잘 몰랐기 때문에 관계나 사람에 대한 기준이 없던 시절이었습니다. 지금은 저를 둘러싼 관계를 늘리려고 애쓰지 않습니다. 불편한 사람이 있다면 예전보다 끝맺음도 편해졌습니다.

제가 무엇을 좋아하고 무엇을 싫어하는지 조금은 알게 됐기 때문입니다.

술도 비슷합니다. 성인이 되자마자 마시는 술은 객기에 가까웠습니다. 자유에 가까웠습니다. 어떤 해방이었습니다. 술맛보다는 내가 술집에서 술을 마실 수 있다는 행위 자체가 좋았습니다. 누가 더 많이 마시냐는 이야기로 친구들과 티격태격했던 거 같은데 지금 생각하면 참 부끄러운 일입니다. 술은 얼마나 마실 수 있느냐보다 누구와 어떻게 마시는지가 더 중요하니까요.

지금 마시는 술은 제법 다릅니다. 이제는 나름의 기준도 생겨서 미식을 즐기고는 합니다. 제철 음식처럼 맛있는 음식을 먹으면 함께 곁들이면 좋을 술이 생각나고는 합니다. 때로는 술 자체가 생각나기도 합니다. 좋은 사람이나 반가운 사람을 만났을 때 역시 술 한잔 곁들이고 싶다는 생각을 자주 합니다. 어떤 사람이 나한테 잘 맞는 사람인지 조금씩 알아갈 때쯤 어떤 음식이 어떤 술과 어울리는지도 알게 됩니다. 그런 점에서 술과 인간관계는 닮았습니다.

반복

몸을 혹사시키는 것이

마음의 짐을 덜어주지 않는다는 걸

이제는 알면서도

어쩔 수 없이

나를 극한으로 몰아세우는 밤

낭만

뜬금없는 상상을 좋아한다. 군대에서 근무를 설 땐 로또에 당첨되는 상상을 했다. 단순한 상상에 그치지 않고 몰래 은행에 돈을 찾으러 가는 과정과 은행에서 나온 뒤 혹시 모를 안전을 위해 은밀하게 도망가는 계획까지 세웠다. 카페에 앉아 마감 날짜를 생각하며 노트북과 전투를 벌이고 있을 때면 갑자기 누군가 내게 다가와 말도 안 되는 이유로 말을 거는 상상을 해봤다. 아니면 잠시 바깥 공기를 맡으러 나갔는데 비를 맞고 있는 사람이 있어 내 우산을 그 사람 손에 쥐여주고 다시 카페로 들어오는 상상을 해보기도 했다. 지나가는 길에 유기견 한 마리를 만나 통조림 하나를 사주었다. 그런데 그 녀석이 내 냄새를 기억하고 30km가 떨어진 우리 집 앞으로 찾아오면 그 녀석을 키워야 할까, 다시 데려다주어야 할까.

같이 작업하는 동료들에게 "만약 이런다면 어떡할 거야?"라는 말을 시작으로 질문을 던지기도 한다. 어느 날은 내 뇌가 궁금했다. 언제 뜬금없는 상상을 하고 왜 그런 상상을 좋아하는지 파고들었다. 내가 그토록 이상한 상상을 하던 순간은 어떤 특정한 상황을 반복하며 버티고 있을 때였다. 똑같은 근무를 서면서 버티고 있을 때. 이번엔 더 좋은 글을 쓰자며 마감일의 압박으로부터 버티고 있을 때. 또는 똑같은 일을 반복적으로 하고 있을 때였다.

문득 든 생각은 '이런 뜬금없는 상상도 낭만이지 않을까'였다. 낭만의 사전적 정의는 현실에 매이지 않고 감상적이고 이상적으로 사물을 대하는 태도나 심리를 말한다. 그러니까 갑자기 복권에 당첨되는 상상을 하는 것과 지나가다가 우연히 한 사람과 깊이 사랑에 빠지는 상상 모두 낭만이 아닐까 싶은 것이다.

별다를 것 없는 삶이 반복될 때 어느 날 우연히 깊은 사랑에 빠지거나 삶이 확 달라질 계기가 일어나길 바라고는 한다. 이따금 허무한 생각을 한다. 하지만 허무해도 충분히 괜찮다. 허무하다는 것은 대부분 낭만이고 삶은 낭만이 가득 차 있어야 살만하니까.

동행

친구 녀석들과 제주로 떠났습니다. 어디든 떠나자는 말을 몇 년 동안 뱉고서 겨우 떠날 수 있었습니다. 어디론가 떠나고 싶은데 망설여진다면 비행기 표부터 끊는 것도 좋습니다. 모두 친한 사이였으나 함께 여행을 간 건 처음이었습니다. 먹고사는 게 뭐라고 함께 여행을 간 적도 없었습니다. 일상생활이 불가능할 만큼 준비하던 원고 마감이 지나서 마음 편히 떠났습니다. 일정이 겹쳐서 우리가 떠나는 다음날이 제 생일이기도 했습니다. 오래 머물 정도로 여유가 있는 건 아니라 아침 일찍 출발했다가 다음 날 저녁 늦게 돌아오는 일정이었습니다.

누군가는 제주도를 그렇게 짧게 가냐며 핀잔을 주었지

만, 저에게 그런 건 중요하지 않았습니다. 여행은 장소가 두 번째니까요. 첫 번째는 사람입니다. 어떤 사람과 함께 하느냐가 더 중요합니다. 내 마음을 꺼내고 그 녀석들 마음을 꺼내 하나로 포갠다면 별 오차가 없을 사람들이었습니다. 오랜 친구들과 함께 있을 때면 나이가 하나도 들지 않았다는 생각이 들기도 하고 나이가 들어가고 있다는 걸 실감하기도 합니다. 예전엔 사람 많고 시끄러운 곳을 좋아하던 친구들이 자연스럽게 사람이 없는 곳을 찾고 있었습니다. 유명한 곳을 가는 것보다는 맛있는 음식을 찾고 있었고 음식이 나오면 당연하다는 듯 술을 시켰습니다. 별다른 계획 없던 여행이었지만 취향은 같았던 터라 만족스러운 순간을 보냈습니다.

돌아오는 날 아침이었습니다. 조식을 먹고 비행기를 타기 전에 어디를 갈지 상의를 하고 있었는데 한 친구가 우연히 본 오름에 가보고 싶었답니다. 그 말을 듣자마자 오름이라는 오름은 다 검색하기 시작했습니다. 친구는 사진을 몇 번 보더니 자신이 어디선가 본 오름과 비슷해 보이는 곳을 골랐습니다. 이름은 지금도 기억나질 않습니다. 쉽게 기억할 수 없는 이름이었습니다. 주소 하나만 보고 차를 몰았습니다.

지도는 도착했다고 말했지만 도대체 어디가 오름인지 알 수 없었습니다. 근처에 차를 세우고 입구로 추정될 만한 몇 곳을 들어갔습니다. 아무래도 입구가 아닌 것 같은 곳을 헤매던 찰나 한 녀석이 말했습니다. 아까 지나오다가 본 작은 입구가 아무래도 맞는 것 같답니다.

입구부터 음산한 기운이 도는 곳으로 향했습니다. 다리가 아프다며 천천히 걷는 친구를 보며 여기서 낙오되면 영화처럼 갑자기 사라지는 거 아니냐는 농담을 하면서 걸었습니다. 오르고 또 올랐습니다. 해는 중천이었고 바닷가에서 탄 살이 한 번 더 따갑게 익고 있었습니다. 얼마쯤 올랐을까요. 꽤 아름다운 곳이 나왔습니다. 사진을 여러 번 찍으며 올라오길 잘했다는 말을 주고받았습니다. 멈춰 서서 구경할 수도 있었지만 말없이 조금 더 걸었습니다.

그때였습니다. 조그만 언덕을 넘어 나무에 가려져 있던 곳을 돌아서자 말도 안 되는 광경이 펼쳐졌습니다. 제가 본 광경 중에서 가장 위대한 자연이었습니다. 아름다운 자연 앞에 서면 할 말을 잃는다는 것이 이럴 때 쓰는 말인가 싶었습니다. 명백한 가을 하늘에 바람은 머리를 흐트러트리지 않지만 땀을 날려주기엔 알맞게 불었습니다. 그 넓은 곳에 우리 말고 아무도 없었습니다. 고요하고 아름답다 못해 경건한 마음마저 들었습니다. 경건함이 과해서 무섭기까지 할 정도였습니다.

몇 달이 지난 여행을 떠올려봐도 기억에 남는 것은 그 오름입니다. 몇 해를 거슬러 올라가도 가장 잘했던 일 중 하나는 몇 걸음 더 나아가 그 언덕을 넘은 일입니다. 아마 혼자였다면 입구에서 돌아갔을지도 모릅니다. 어떠한 끌림으로 혼자 그곳까지 도착했다고 한들 무서워서 바로 내려갔을지도 모릅니다. 오래 머물렀다고 한들 육지로 돌아와 내가 제주에서 엄청난 것을 봤다며 손짓 몸짓을 동원해 설명할 수 없는 것을 설명해야 했을 테지만, 그럴 필요도 없었습니다. 우리는 함께였으니까요. 우리여서 좋았습니다.

지인이 택시에서 들었던 말

"혼자 조용하고 깊은 곳만 돌아다니면
생각도 깊어져. 관광 명소처럼 사람 많은 곳도
돌아다니고 그래. 내가 데려다줄게."

가구

꿈이 뭐냐는 질문은 해가 거듭될수록 의미가 달라집니다. 어릴 땐 직업을 의미하는 경우가 많았습니다. 사회생활을 시작하고 난 뒤로는 직업의 의미보다는 희망이나 이상에 가까워집니다. 행복해지고 싶다, 세계 여행을 하고 싶다, 부자가 되고 싶다는 식으로 대답할 때가 종종 있습니다.

꿈이 있습니다. 이것 역시 직업의 의미로 말하는 것은 아닙니다. 경기도 외곽에 작업할 수 있는 공간이 있는 집을 짓고 싶습니다. 욕심을 내자면 풀과 나무가 많은 곳이었으면 좋겠습니다. 그곳에서 가구를 만들고 싶습니다. 예전에 목공 수업을 들었던 적이 있습니다. 손으로 만드는 모든 것을 좋아했기에 가볍게 시작한 일이었습니다. 처음에는 작은 책장을 만드는 일부터 시작했지만 조금씩 가구의 크기가 커지더니 나중에는 테이블처럼 커다란 가구를 만들고는 했습니다. 가볍게 시작한 일인데 슬슬 재미도 붙기 시작하고 욕심도 났습니다. 손으로 무언가를 만든다는 것도 좋았지만, 더 좋았던 건 가구를 만들 때만큼은 마음이 평화로워진다는 것이었습니다. 어떤 고민도 걱정도 불안도 떠오르지 않고 당장 지금 해야 하는 행동과 그다음에 해야 할 일로만 머릿속을 가득 채웠습니다.

단순히 생각이 줄어들고 무언가를 만드는 게 좋았다면 꿈이라고까지는 표현하지 않았을 것입니다. 가구를 만드는 일이 매력적이라는 생각을 가지고 사는 것에 그쳤을 것입니다. 여러 공간을 꾸미고 나서부터는 생각이 달라졌습니다. 작업실이나 집을 꾸미면서 느낀 건, 가구라는 존재가 얼마나 좋고 비싼지를 떠나서 혼자 사는 사람에게는 가족의 역할을 해줄 때가 있다는 것이었습니다. 작업실 중앙에는 6명이 앉을 수 있을 만큼 큰 테이블이 있습니다. 새벽 늦게까지 혼자 작업하다가 고개를 돌리면 테이블이 먼저 보입니다. 든든합니다. 혼자 있지만 혼자 있는 게 아닌 것 같습니다. 집도 마찬가지입니다. 자세히 들여다보면 집 안에 있는 가구들이 저한테 말을 건다는 느낌을 받을 정도로 그들은 하나의 구성원에 가깝습니다. 여건이 된다면 수저를 만드는 일부터 시작해볼까 합니다. 실력이 괜찮아진다면 접시나 그릇, 의자 같은 것도 만들고 싶습니다. 그리고 혼자 사는 친구에게 또는 자주 외로움을 느끼는 친구에게 하나씩 선물해주고 싶습니다. 밥을 먹을 때도 멍하니 의자에 앉아있을 때도 조금 덜 쓸쓸하고 조금 덜 외로울 것입니다.

이 삶에도 축복은 있었다
손에 든 것이 없으므로
그대 손을 더 꽉 잡을 수 있다는 것

3부

아픔의 정도

상처의 크기와
아픔의 정도는 달랐다
어디에 쓸렸는지도 모르는 채
티끌만큼 까진 손등이 쓰라려
며칠을 어찌할 줄 몰라 했지만
내 전부였던 사람이 떠나갔을 때
태연히 밥을 먹기도 했다

삼척

한때 마음을 맞춰가던 사람과 했던 약속이 있다. 등단이 오랜 꿈이었던 나는 일이 정리되면 글을 쓰러 강원도로 떠날 것인데 같이 가자는 약속이었다. 차는 두고 기차나 고속버스를 타고 낯선 곳으로 가고 싶었다. 화려한 곳보다는 이불을 깔고 자야 하는 곳. 나는 글을 쓸 테니 당신은 내가 골라준 책을 보며 밤을 새우자고 했다. 한쪽은 세상이 모르는 글을 쓰고 다른 한쪽은 가장 먼저 읽어주겠다는 지키지 못할 약속을 주고받던 시절이었다. 시간이 들수록 느끼는 건 사람과 사람이 만나는 일만큼 기적은 없다는 것이다. 결국, 우리는 낯선 곳으로는 떠나지 못한 채 서로에게서만 떠났다.

글이 잘 써지지 않던 며칠 전에는 혼자 강원도에 다녀올 채비를 했다. 짐을 꾸리고 일정을 바꿔 며칠을 마련했지만 결국 가지 못했다. 그날 저녁 많은 눈이 온다는 소식 때문이기도 했고 떠나는 것보다 잠을 더 자고 싶었던 것도 있었다. 글이 안 써지는 고통만큼 쉬어가지 못한 고통 또한 컸다. 이번에도 가고 싶었던 동네의 이름만 연신 부르다 낯익은 카페에 앉아 글을 썼다.

아마 언젠가는 그 동네에 정말로 며칠을 머물 때가 있을 것이다. 이불을 깔고 누워 글도 쓸 것이다. 좋은 글을 쓰면 세상에 보내고 싶은 마음에 발을 동동 구르기도 할 것이다. 그리고 후회도 할 것이다. 사랑을 미룬 것에 대해.

어릴 때부터 지금까지 언제가 될지도 모르는 순간으로 많은 것을 미루며 살아왔다. 다음에 같이 가자는 말보다 그날 저녁 덥석 손을 잡고 삼척행 버스를 탔어야 했다. 서툴러도 사랑을 고치는 일이 없어야 했다. 더 나은 선택이 될지 안 될지도 모르는데 미루지 않았어야 했다.

이제 누군가를 사랑하게 된다면 두 개의 가방을 꾸릴까 한다. 아무리 서툴어도 오늘 사랑을 말할까 한다. 미루는 일 없이 낯선 곳으로 떠나는 긴 시간 동안 말해주고 싶다.
사랑한다고. 그저 사랑한다고.

남대문 시장

아마 몇 해 전일 겁니다
꽃은 늘 내가 주는 것이었는데
그날은 그대가 주었지요
소란스러운 시장에서
꽤 많은 계단을 올라가 샀을 겁니다
꽃잎이 조금 떨어졌어도
줄기가 가끔 바스러지기는 해도
여전히 아름답습니다
그대도 그렇겠지요
나를 떠난 뒤 밥은 자주 거르지만
술은 늘었을 겁니다

자주 걷던 길을 돌아가야만 했을 테고

웃는 일이 줄어들었겠지요

그래도 여전히 아름다울 겁니다

나 아닌 누군가가 그 아름다움을 사랑할 것이고요

관심, 좋아하는 거, 사랑

지나가다가 마주쳤을 때 뒤를 돌아서
다시 한번 그 사람을 보면 그건 관심이 있는 것.
눈앞에서 사라질 때까지 기다리는 건
그건 그 사람을 좋아하게 된 것.
다시 한번 마주칠까 싶어 그 자리를 계속 가는 거.
그건 사랑하게 된 것.
매일 같은 길을 걷는 그 사람이 잠깐이라도
행복했으면 해서 몰래 꽃 몇 송이 심어두고 오는 건
그건 그 사람을 지극히 사랑하게 됐다는 것.

사랑의 방식

며칠 전 기억에 남는 질문을 받았다. 사랑을 위해서 무엇까지 해봤냐는 질문이었다. 우산 없이 소나기를 맞는 것처럼 마음이 어지러웠지만, 그래도 그 와중에 머리에 스치는 기억이 하나 있었다.

미안하다고 말하고 싶어서 여덟 시간이 넘도록 한 사람을 기다린 적이 있었다. 벌써 몇 년이 지난 일이다. 그 사람 앞에서 십 년 만에 아이처럼 울어도 봤고 모나고 조금 찌그러진 마음이지만 내 마음이 이렇게 생겼다고 아무런 비유도 없이 보여주기도 했다. 결국에는 완벽한 남이 됐지만.

그토록 숨 같던 사람과 남이 될 수 있다는 게 이해되지 않아서 이유를 찾아다녔다. 그때 내가 찾아냈던 가장 큰 이유는 바로 '내 마음을 다 보여줘서'였다. 조금은 숨기고 덜 표현하고 덜 사랑했어야 했는데 그게 잘 안됐던 것이다. 당시 썼던 글에는 사랑을 다 표현하지 않고 마음을 다 주지 않겠다는 문장이 가득했다. 나와 비슷한 이유로 이별한 친구와 자주 술을 마시며 한탄하기도 했다. 마음을 다 주었더니 떠나버렸다며, 그렇게 사랑을 탓했다가 사람을 탓했다가 결국엔 나를 탓했다.

이제는 그렇게 사랑했던 사람이 자주 뿌리던 향수 냄새조차 기억나지 않는다. 몇 번의 계절이 지나 그 사람을 기다리던 계절이 다시 돌아왔다. 그리고 이제야 알게 됐다. 나는 죄가 없었다. 사랑에 솔직했을 뿐이고 사랑 앞에서 내가 할 수 있는 최선을 다했다. 그저 그 사람이 내가 마음을 다 줘버려서 떠난 게 아니라 원래 떠날 사람이었을 뿐이다. 내 잘못이 아니라 우리가 맞지 않는 사이였으며 그 사람은 사랑이 충만해지면 감사함보다는 당연함을 더 느끼는 사람이었던 것이다.

이제는 나를 탓하지 않기로 한다. 나는 여전히 주는 게 편하고 아무런 계산 없이 사랑하는 게 좋다. 상대방에게 안정감을 주는 걸 중요하게 생각하기에, 내가 주는 사랑 역시 늘 당연할 것이고 평온할 것이다. 내가 주는 사랑이 너무 익숙해져 무언가를 잃고 그것이 우리의 이별이 되더라도 마음을 다 주는 게 편하다. 또다시 마음을 다 주었던 사람이 떠나가더라도 원래 떠날 사람이었던 것이지 마음을 다 주어서 떠나는 건 아니라고 생각할 거다. 사랑 앞에서 마음을 다 주는 것, 그건 죄가 아니다. 그저 하나의 사랑하는 방식일 뿐이다.

그리움

문득 공허하고 문득 슬프고
문득 도망가고 싶고 문득 미안한 거.
옛날 사진만 자꾸 보게 되고
옛날 메시지 자꾸 읽게 되는 거.
그거 마음에 묻어둔 사람이 있어서 그래.

만일

당신은 모른다
마음의 여유라고는 찾아볼 수 없던 내가
당신을 껴안기 위해 얼마나 활짝 팔을 뻗어야 했는지
무엇을 놓아야 당신을 더 꼭 잡을 수 있을까 싶어
가진 것을 모두 손에 올려놓고
얼마나 버려냈는지 모른다
당신에게 별일 아닌 것이 나에겐 귀했으며
서로를 만나기 전 삶이 우리를 밀어낼까 불안해
며칠 밤을 새웠다는 것을 모른다
당신은 나를 이기적이고
감정에 충실한 사람으로 보겠지만

당신을 바라볼 때 내 눈빛이 어땠으며
말투는 또 어땠으며
마음은 어떤 채도였으며
왼쪽 어깨가 얼마나 젖었는지 모른다
만일 당신이 내 마음을
모래 알갱이만큼이라도 이해할 때면
우린 남이 됐을 거라는 것 또한 모른다

시간

고등학생일 때 살던 집에서 정반대 방향으로 걸어가면 그 친구네 집이 나왔다. 그 친구네 집은 이층집이었고 우리 집은 반지하였다는 것만 빼면 동네 분위기는 비슷했다. 그때 나는 우리 집이 부끄러워서 집에 친구를 데리고 온 적이 한 번도 없었다. 우리 집까지 데려다 준다고 하면 항상 단비상회라는 작은 가게 앞에서 헤어지고는 했다. 어느 주말에 집에 누워있는데 그 친구의 목소리가 들렸다. 잘못 들은 게 아닐까 했지만 계속 애타게 내 이름을 부르는 소리가 동네 이곳저곳에서 들렸다. 우리 집에서 같이 놀고 싶다며 찾아온 것이다. 그날 처음으로 집에 친구를 들였다.

나에게는 충격적인 사람이었다. 누군가에게 화를 내는 걸 한 번도 본 적이 없었고 처지가 비슷한 친구들과 방황하는 나와 다르게 반장이라는 역할이 어울리는 사람이었다. 좋아했다. 때로는 존경하고 동경할 만큼. 군대를 다녀오고 나서 그 친구는 갑자기 해외에서 일을 해보겠다며 한국을 떠났다. 처음엔 연락이 잘 되는가 싶더니 점점 연락이 뜸해지기 시작했다. 무슨 일이 생긴 게 아닌가 해서 온갖 방법을 다 시도해봤지만 결국 연락이 끊겼다. 무슨 속사정이 있겠지 하면서 답장이 오지도 않는 메시지를 보냈다. 생일에는 생일을 축하한다며. 첫눈이 오면 한국에는 첫눈이 왔다며. 새해에는 새해 인사를 하며.

그러던 어느 날 아무런 소식도 없이 그 친구가 내 앞에 나타났다. 별말을 하지 않았다. 왜 그렇게 연락이 안 됐냐고 물어보니 일 그만두고 한국으로 돌아오기 전에 자전거로 여행을 했단다. 중간에 잘 지낸다고 답장 하나 할 틈이 없었냐고 물어보려다가 그냥 녀석을 꽉 껴안았다. 건강하게 돌아왔다는 게 중요했으니까. 그날 이후로 예전처럼 다시 자주 만나기 시작했다. 하지만 관계는 오래가지 못했다. 내가 그 친구를 서운하게 한 건지 아니면 나의 어떤 모습이 마음에 들지 않았는지는 모르겠지만, 다시 또 그 친구가 나에게 거리를 두는 게 느껴졌기 때문이다. 그땐 나도 그런 생각을 했다. 내가 너한테 얼마나 잘했는데, 내가 너를 얼마나 신경 썼는데.

아버지가 돌아가시고 상을 치를 때도 그 친구에게 연락을 하지 않았다. 가시는 길이 북적거렸으면 하는 마음에 친하지도 않은 사람에게도 부고 문자를 보냈다. 하지만 그 친구한테만큼은 보내지 못했다. 그 누구도 서로에게 화를 내지도 않고 서로에게 책임을 묻지도 않았고 서로에게 질책을 하지도 않았지만 되돌릴 수 없을 만큼 많은 시간이 흘렀다는 생각에서였다. 퇴근하고 오는 조문객을 맞이한 새벽이었다. 그때 그 친구에게 메시지가 왔다.

"내가 상상할 수 없이 큰 슬픔을 느끼고 있을 텐데, 오랜 친구로서 곁을 지키지 못해 부끄러워 한참을 고민하다 문자 보내. 어떤 이야기를 해도 핑계가 될 것 같고, 아버지와 네가 함께한 모든 추억이 행복한 기억으로 남을 수 있도록 기도할게."

어쩌다, 어쩌다 이렇게 됐을까. 며칠 전에는 그 친구의 결혼 사진을 보게 됐다. 곧 결혼하는구나. 어쩌다, 어쩌다 이렇게 소식을 건너 들어야 하는 사이가 됐을까. 왜 우리 사이에서 시간이 이렇게 다르게 흘렀을까. 꼭 잃고 싶지 않은 사람이었는데. 그 친구를 떠올리다가 더는 잃지 않고 싶은 사람들을 생각하며 눈을 질끈 감는다. 그래, 정말, 떠나갈까 떠나버릴까 걱정하지 않는 사이였는데.

취향

전자기기와 인터넷이 혁신적인 수준으로 발달하기 이전에 좋아하는 취미가 있었다. 지금이야 어디서든 노래를 들을 수 있고 휴대폰이 많은 역할을 하기 때문에 굳이 MP3와 휴대폰을 나눠서 들고 다니지 않지만, 각자의 기능이 각자로 존재할 때 좋아하던 일이다. 중학생, 고등학생 시절에는 음악을 들으려면 MP3에 담아서 들어야 했다. 지금처럼 스트리밍이 잘 되던 시기도 아니었고 휴대폰보다는 MP3로 음악을 듣는 게 편했던 시기였다.

나는 누군가의 노래가 가득 담긴 MP3와 내 MP3를 바꿔 듣는 일을 즐겼다. 마치 그 사람의 취향을 송두리째 얻는 기분이었다. 그 사람이 즐겨 듣는 노래, 자주 보는 책,

인상 깊었던 영화가 그 사람을 가장 잘 보여준다고 어릴 때부터 생각했다. 게다가 좋은 노래까지 알 수 있었으니 MP3를 바꿔 듣는 것만큼 좋은 게 없었다. 마음이 가는 사람이라면 이어폰 하나로 노래를 나눠 들었다.

다른 사람의 취향을 알게 된다는 것만큼 좋은 게 또 있을까. 취향이라는 건 한순간에 생기는 것이 아니다. 시간이 흘러야만 조금씩 쌓이기 때문에 누군가의 취향을 안다는 건 나를 마주치기 전에 살았던 삶에 불쑥 들어가는 기분이다. 우리가 만난 시점은 여기인데 과거부터 아는 사이가 되는 기분이다. 어떤 걸 좋아하고 어떤 걸 싫어하냐고 묻는 건 취향을 알아가고 싶다는 뜻일 것이다. 그리고 당신의 취향을 알고 싶다는 건 당신에게 좋은 마음이 생기고 있다는 것을 뜻할 것이다.

홍은동 할머니께

생애 첫 작업실을 계약하는 날이었습니다. 한 번도 가본 적 없는 홍은동이라는 동네에 작고 예쁜 공간을 임대한다는 글을 인터넷에서 읽었습니다. 아직 계약 기간이 남은 상태라 현재 세입자가 열심히 다음에 들어올 사람을 구하고 있었습니다. 시간이 나지 않아서 저녁 열 시쯤 작업실을 보러 갔습니다. 조용한 주택가 골목 모퉁이에 노란색 불빛을 띠고 있는 공간을 보자마자 내가 찾던 곳이 여기구나 싶었습니다. '세련 옷 수선집'이라는 오래된 간판이 붙어있는 것도 제법 낭만적이었습니다. 그곳에서 글을 쓰고 글쓰기 수업을 할 예정이었으니, 그 일들이 전부 옷 대신 마음을 수선하는 것과 같은 일들이 될 것을 알았으니까요.

저를 맞이한 제 또래의 청년은 결국 할머니가 허락하셔야 들어올 수 있다는 말을 했습니다. 할머니가 제법 성격이 있으시다며 조심하라는 말까지 덧붙였습니다. 할머니는 저를 보시자마자 무슨 일을 하냐고 물었고 저는 글을 쓴다고 답했습니다. 혼자 작업을 하고 가끔은 수업을 할 거라고 말했더니 좋아하셨던 기억이 납니다. 그날 저는 처음 보는 할머님 집에 올라가 부동산 없이 혼자 계약서를 썼습니다. 무릎이 아파서 내려갈 수 없으니 조심히 들어가라는 말과 함께 저는 작업실을 얻게 된 것입니다.

저는 할머니가 좋았습니다. 눈빛이 깊으셨습니다. 작업실에 자주 놀러 오던 동료는 할머니 눈매가 무섭다고 했지만 저는 깊게 느껴졌습니다. 몇 초간 할머니 눈을 바라보면 어깨를 두드리시며 밥은 먹었냐고 말씀하실 것처럼 느껴졌습니다. 언젠가 할머님께 전화를 드린 적이 있습니다. 제 이름을 기억 못 하실 거라고 생각했습니다. 그래서 계속 1층 청년이에요, 1층 청년이에요 라는 말만 반복했습니다만, 할머니는 반갑게 제 이름을 불러 주셨습니다. 전화를 끊고 시장으로 달려가 유난히 시려 보이던 할머니 목에 어울릴 만한 목도리를 사서 문 앞에 걸어 두었던 기억이 납니다. 봉투에 저 근호에요라는 말로 짧은 편지를 쓰면서 제가 오기 전에 살던 세입자가 틀렸다고 생각했습니다. 할머니께서 까칠하신 게 아니라 제 또래의 그 청년이 먼저 마음을 열지 않았기 때문이 아닐까 하는 생각을 했습니다. 사실 저는 할머니 눈빛을 보기 전부터 좋았습니다. 계단을 힘겹게 내려오셔서 뒷짐을 지고 저에게 걸어오시는 그 순간부터 좋았습니다. 이유가 뭐냐고 물어보신다면 그냥이라고밖에 대답할 수가 없습니다. 글을 쓴다는 놈이 이렇게밖에 표현을 하지 못해서 죄송스럽지만요. 종종 할머니 생각을 많이 하지만 전화도 자주 드리지 못해서 죄송합니다. 할머니라는 존재의 기억이 거의 없는 제가 할머니라는 말을 불러볼 수 있게 해 주셔서 감사합니다. 가끔 무섭습니다. 할머니께 전화를 했는데 받지 않으실까 봐요. 건강하셨으면 좋겠습니다.

여행

가끔 어딘가로 훌쩍 떠나버리고 싶을 때가 있다. 목적지가 어디라도 좋으니 그냥 떠나고 싶은 순간. 마치 떠나면 모든 것이 해결될 것만 같다. 여행이라 불러도 좋고 도피라고 불러도 좋고 외출이라 불러도 좋다. 많은 사람이 훌쩍 떠나고 싶어 한다. 사랑이 좋은 이유만큼 떠나는 것이 좋은 이유도 많다. 어딘가로부터 멀어진다는 건 타인의 시선으로부터 자유로워진다는 뜻이다. 머리에 가득 찬 먼지들이 차분히 가라앉고 내가 누군지 알게 된다는 뜻이다. 그래서 삶이 힘들 땐 모두 어딘가로 떠나고 싶어 한다.

겨울이었으면 좋겠다. 쌀쌀한 것보다는 추운 날. 그래

야 오래 걸어도 땀이 나지 않을 테니까. 자주 입는 코트에 머플러도 하나 두르고 싶다. 가방은 최대한 가볍게 꾸리고 싶다. 좋아하는 책 한 권. 아끼는 노트와 펜. 초콜릿 몇 개 정도. 누군가를 만나 초콜릿을 건네게 될지도 모르는 게 떠난다는 것 아니겠는가.

최대한 낯선 곳으로 가고 싶다. 버스나 기차도 좋지만 비행기 타고 멀리 떠나버린다면 더할 나위 없이 좋을 것이다. 낯선 곳에 도착해서 하염없이 걷고 싶다. 말이 안 통하는 곳이라면 물, 화장실, 숙소 정도의 단어만 외우며 걷고 싶다. 그러다 어느 작은 가게에 들러 저녁을 먹고 싶다. 신기한 듯 나를 쳐다보는 시선은 가볍게 무시하고 처음 보는 음식을 풍족하게 먹고 싶다.

잠자리에 누워 떠났기 때문에 느껴지는 것들을 적다가, 떠난 사람을 그리워하다가, 다가올 사람을 반기다가, 내일은 어딜 걸을까 고민하다가, 나도 모르던 내 모습에게 인사를 건네고 싶다. 네가, 내가 좋아했던 건 이런 거였구나.

사랑과 이별

-사랑이 무엇이라고 생각하시나요

모든 방해꾼을 피해
두 사람이 낯선 곳으로 떠납니다
도망갑니다
사막 같은 곳에서 어떻게든 꽃을 피워
허리춤에 감추고는 무심하게 건넵니다
말 한마디 통하지 않는 곳에서
몸짓 손짓 모든 걸 사용해 몇 가지 재료를 사고는
그대가 가장 좋아하는 음식을 차려
둘이 함께 나누어 먹습니다

-그렇다면 헤어짐은 무엇인가요

그랬던 두 사람이

하루아침에 각자의 삶으로 돌아가는 것

꿈

회색빛 거리
한쪽으로 난 좁은 길 위에
당신이 나타나 주었습니다
아무 말 없이 그저 걷기만 하길래
이것이 꿈인 걸 알았습니다
왼손으로는 당신 손을 꽉 쥐었고
오른손으로는 제 뺨을 닦았습니다

여인숙

짐을 가져와 줄 수 있냐는 말에
아이처럼 입이 나온 채 향한 곳
여인숙이었다
역에서도 가깝고 그곳에서도 가깝지만
예전엔 멀었고 어느 날은 가보지 못한 곳
그곳에서 곱디고운 한 사람이 죽었다
신도 아닌 내가 누군가의 삶에 관여할 수는 없겠지만은
그래도 움직이면 조금 더 살 수 있지 않을까 싶어
시간을 내어 찾아갔다
까칠해 보이는 주인은 밀린 삯을 내야
짐을 가져갈 수 있다고 하였다

며칠째 얼굴이 보이지 않길래
오늘까지 오지 않으면 실종신고를 하려고 했단다
그래도 밀린 삯을 내야 짐을 가져갈 수 있다 하였다
소주 두어 병과 모든 것은 누런색
찢긴 약봉지 사이로 외로운 냄새가 가득했다
나는 그곳이 미워 방안에 신발을 신고 들어가
가방에 짐을 욱여넣으며 손끝으로 울었다
곱디고운 사람이 어떻게 죽어갔는지 알고 싶었지만
물어볼 필요가 없었다
옆 방에서 한 남자의 소리가 들렸으니
분명 오래도록 혼자였을
마른기침 소리

장례식

종교가 없는 나는 내가 세운 몇 가지 규칙을 지키며 살아간다. 그중 하나는 장례식에는 꼭 참석하는 것이다. 미안한 말이지만 많은 결혼식에 참석하지 못했다. 결혼식은 진행하는 시간이 짧아서 시간을 맞추기가 여간 어려운 이유도 있지만 행복보다는 슬픔 사이에서 같이 서 있어 주고 싶은 마음이 가장 큰 이유다. 모든 건 나누면 배가 된다지만 행복과 슬픔은 다르다. 행복은 나누면 두 배가 되겠지만 슬픔은 나누지 않으면 사람이 죽을 수도 있다.

다른 사람이라면 별로 친분이 없어서 가기엔 멋쩍어할 장례식도 어지간하면 간다. 그곳에 도착해서 상주와 악수를 하고 한 번 안을 수 있는 사이라면 가는 편이다. 지난해 친한 친구 아버님이 돌아가셨다. 일이 끝나자마자 깔끔한 옷으로 갈아입고 늦은 시간 장례식장에 도착했다. 친구 녀석과 인사를 하고 아버님께도 인사를 드렸다. 육개장과 몇 가지 반찬이 있는 상에 앉아 맥주부터 마시고는 울었다. 주변에 있는 친구들이 당황할 정도로 두 손으로 얼굴을 가린 채 울었다. 분명 누구보다 아플 텐데 담담한 녀석의 모습이 슬펐고 훗날 우리 아버지가 돌아가신다면 사인이 같을 것 같아서였다. 그날 새벽까지 자리를 지키다 내일 퇴근하고 또 오겠다는 말을 건네고 집으로 돌아섰다.

엘리베이터에서 내려 문 앞까지 걷는 몇 걸음 안 되는 복도에 구두 굽 소리가 외롭게 울렸다. 그 소리가 언젠가 내가 치러야 할 이별이 다가오는 소리처럼 들려 마음 한 구석이 서글퍼졌다. 어쩌면 그토록 깨끗한 옷을 골라 입고 장례식장에 꼭 참석하는 건 미리 연습을 하는 것인지도 모르겠다. 아니면 한때 서툴게 떠나보냈던 시절을 뉘우치고 싶어서 그러는 건지도.

술과 가족

누나가 저한테 처음 술을 같이 마시자고 했던 건 십 년도 전의 일입니다. 기차와 버스를 여섯 시간 넘게 갈아타고 동네로 돌아왔을 때였습니다. 어머니 49재가 끝나는 날이었습니다. 정류장에서 내리자마자 아버진 일하러 가셨고 누나는 저한테 맥주 한잔하겠냐고 물었습니다.

그때 고등학생이긴 했지만 날이 날이었던 만큼 누나는 맥주 한잔 사주고 싶었나 봅니다. 가족끼리 술을 마시는 게 부끄러워서 싫다고 했습니다. 무슨 술이냐면서 친구를 만나러 갔던 기억이 있습니다. 우리 가족 사이에는 불문율이 있었습니다. 건강이 오래 좋지 못했던 아버지 때문에 집 냉장고에는 항상 술이 없었습니다. 술이 보이면 마시고 싶어질 아버지가 걱정돼서 누나와 저는 냉장고에 한 번도 술을 넣어본 적이 없습니다. 당연하게 가족끼리 제사를 지내거나 저녁을 먹을 때도 가볍게 맥주 한잔하는 일 따위는 없었습니다.

아버지가 돌아가시고 삼일장이 끝났을 때였습니다. 집으로 돌아와 아버지 물건을 정리하고 누나와 맥주를 마셨습니다. 그 이후로는 종종 함께 술을 마셨습니다. 누나 생일이라서, 내 생일이라서, 아버지 기일이라, 아버지 제사라 함께 술을 마실 이유가 점점 늘어나고는 했습니다. 아직도 부끄럽지 않은 건 아닙니다. 왜 그러는지는 모르겠지만 가족과 함께 술을 마시는 일은 부끄럽습니다.

지금은 함께 술 마실 때면 누나 이야기를 들어주고는 합니다. 아이를 키우면서 느꼈던 기쁨과 슬픔, 결혼 생활의 기쁨과 슬픔을 듣다 보면 술병이 어느새 쌓여 있고는 합니다. 힘든 일 없냐고 물어보는 누나의 말에 힘든 게 하나도 없다는 대답만 하는 동생이지만 좋습니다. 이렇게 누나의 이야기를 들어줄 수 있다는 사실이요. 조금 늦게 깨달은 게 아닐까 싶지만, 가족과 마시는 술에는 또 다른 즐거움이 있습니다.

떠나고 남은 것

당신이 떠나고 배웠다
사랑하는 사이에도
모든 걸 다 보여줄 필요는 없다는 것을
또 다른 당신이 떠나고 배웠다
침묵이 위험한 만큼
거침없는 표현 또한 상처라는 것을
또 다른 당신이 떠나고 배웠다
입맞춤보다는 손을 먼저 잡아야 하는 것처럼
때로는 사랑도 순서가 중요하다는 것을
어떤 사람을 만났다
모든 걸 다 말하지 않았고

그릇에 사랑을 넘치게 담지 않았으며
일련의 순서도 지켰더니
제법 아름다운 사이가 되었다
이별을 팔아 사랑을 한다는 생각이 들었다

유일한 축복

빈손으로 태어나
무엇도 쥐어보지 못한 채 살았다
결핍과 가난은
내 또 다른 이름이었으나
이 삶에도 축복은 있었다
손에 든 것이 없으므로
그대 손을 더 꽉 잡을 수 있다는 것

맞은편에서 기차 한 대가 옵니다.

어디를 다녀오는 길일까요.

4부

소국

살 때마다 매번
이걸로 주세요 말하던 꽃을 또 샀다
오늘은 이름을 물었더니
소국이란다 소국
이름도 묻고 꽃도 사고
습관처럼 당신 생각이 나서 그랬지
전할 수는 없겠지만

나는, 너는

만약은 없지만 만약에 우리가
지금까지 함께하고 있다면
우린 무엇을 하고 있을까
나를 만나기 위해
너는 머리를 예쁘게 하고 있을까
나는 너를 위해
또 꽃을 사고 있을까

인사

당신이 뱉은 마지막 말은 다녀올게였다. 다급하게 나가는 뒷모습이 마음에 걸렸지만 보내줄 수밖에 없었다. 내 손목은 당신을 낚아채기에는 한없이 가늘었다. 기다렸다. 그 집이 허물어질 때까지 기다렸다. 허문 집보다 더 낡은 집에서도 기다렸다. 다녀온다고 하지 않았는가. 이별의 인사가 없지 않았는가. 아직도 기다린다. 이미 떠났을 당신을.

안개

어디서 무얼 하는지 알 수도 없는 사람아
행여나 나를 떠나 사랑에 상처받는다면
잊어서는 안 된다
네가 사랑받을 가치가 없어서
사랑받지 못하는 것이 아니라
단지 그 사람이 당신을 온전히 보지 못하기 때문이라는 걸
너는 내 평생이 될 만큼 아름다운 사람이었으니
나를 떠나도 사랑받아야만 한다

만약에

다시 사랑한다면
당신에게 모든 것을 말하지 않을 것이다
너무 가까이 닿은 살에 물집이 나지 않도록
적당한 거리를 유지한 채 걸을 것이다
조금 덜 주고 조금 더 들어줄 것이다
가끔은 내가 먼저 약속을 어길 것이고
당신 때문에 애끓는 마음을 숨길 것이다
당신이 내 전부지만 전부는 아니라는 듯 살 것이며
주는 것을 멈추고 당신 것도 하나 가져올 것이다
떠나지 않을 것 같던 사람도 예고 없이 떠난다
사유는 이전과 비슷할 테고

잊히지 않을 것 같던 사람도 결국 흐려질 테니

당신이 떠난다고 울지 않겠다는 뜻이다

대화

어떤 날은 대화가 끊기지 않는다. 어떤 날은 별로 할 말이 없어서 휴대폰만 쳐다볼 때가 있다. 그 사람과 나와의 관계가 얼마나 긴밀한지가 중요한 것은 아니다. 가까운 사이더라도 할 말이 없을 때가 있고 낯선 사람이라도 할 말이 많을 때가 있다. 오래전, 연인과 저녁을 먹으러 갔을 때였다. 기름진 음식과 가볍게 맥주 한잔할 생각이었다. 날이 좋아서 야외에 앉아 맥주 한 잔을 시켜 놓고 가만히 밖을 바라보았다. 그 사람은 워낙 말이 없던 사람이었기에 내가 먼저 노력을 하지 않는 이상 대화가 길게 이어지는 날이 없었다. 그날도 평소와 다르지 않을 거라고 생각했다. 하지만 내 예상을 비웃기라도 하듯 그 사람이 먼저 이야기를 꺼냈고 그날 우리는 처음으로 길고 자세한 대화를 나눴다. 음식이 나와도 먹지 않았으며 맥주 한 잔을 더 시킬 시간도 없이 이야기를 이어갔다. 이제는 그 사람이 누군가의 아내가 됐을 만큼 오랜 시간이 흘렀지만 그 사람을 생각하면 시간 가는 줄 모르고 이야기 나누던 저녁이 생각난다.

며칠 전에는 밥이나 먹자며 한 사람을 만났다. 일할 게 남아있던 날이라 일찍 집으로 돌아오려고 했는데 그날도 이야기가 길어졌다. 두 사람 다 의도한 건 아니었지만 가볍게 시작한 대화가 새벽 세 시까지 이어졌다. 원래 이렇게 수다 떠는 걸 좋아했을까 싶을 정도로 길고 자세한 이야기가 이어졌다. 이런 순간이 있다. 꽃봉오리가 터지고 잘 익은 열매가 나무에서 툭하고 떨어지듯 이야기가 시작되는 순간. 뒤돌아서면 오늘 나눈 대화의 대부분이 기억나지 않을 테지만 육체적 거리가 아니라 영혼의 거리가 가까워진 듯한 대화. 이런 대화를 나누고 나면 마음이 풍성해진다. 나를 환하게 만드는 대화가 길고 자세하게 이어졌으면 한다.

그리움

당신이 나를 떠나갔을 때
오히려 잘 됐다고 생각했다
진짜 내 삶을 살 수 있겠다며
내가 선택한 사람들을 만나고
때로는 우아한 하루를
때로는 방탕한 하루를 보냈지만
그 무엇을 해도 집에 오는 길에는
언제나 허탈하고 외로웠다
그때 비로소 아프지만 또렷하게 깨달았다
이 모든 감정보다 당신 하나가 더 크다는 것을
나는 당신이 있어야만 행복하다는 것을

술과 자신

혼자 술을 마시게 된 건 오래되지 않았습니다. 본격적으로 혼자 살게 되면서부터 시작했습니다. 그렇다고 해서 원래도 사람 많은 술자리를 좋아하는 성격은 아니었습니다. 소소하게 두세 명이 모이는 술자리를 좋아했습니다. 이제는 그마저도 어려워졌습니다. 누군가에게 나이가 든다는 건 친구를 만나는 일이 줄어든다는 게 될 수도 있으니까요.

늦은 시간에 덥석 전화해서 술 한잔하자고 말하는 일이 구차하게 느껴질 때, 혹은 그렇게 말할 사람이 딱히 떠오르지 않을 때마다 혼자 마십니다. 저는 몹쓸 병을 앓고 있습니다. 어떤 기억이 강렬하게 머릿속에 자리 잡으면 절대 지워지지 않습니다. 그리고 그 기억이 머릿속에서 자동으로 계속 재생됩니다. 또 생각은 얼마나 많은지요. 느리게 걷고 고요한 것을 좋아하지만 머릿속은 항상 전쟁터입니다. 그때 한 잔 마시면 차분해집니다. 두 잔 마시면 머릿속에서 무분별하게 재생되던 영상이 절반은 사라집니다.

취해가면 취해갈수록 평온해집니다. 미웠던 사람을 용서하기도 미안한 사람에게 용서를 구하기도 합니다. 이게 다 무슨 짓인가 싶지만 잠깐이라도 머릿속을 멈춰야 살아갈 수 있는 사람도 있는 법이니까요. 술에 잔뜩 취해서 잠들 때면 보고 싶은 사람들이 꿈에 나오고는 합니다. 잠들기 전에 그 사람을 계속 생각하면 꿈에 나오고는 한다는데 한 번도 그런 적이 없었습니다. 오직 술에 취해 내 의지와 다르게 잠들었을 때만 이미 내 곁에 없지만 보고 싶은 사람을 볼 수 있었습니다.

술에 취해 꾸는 꿈이 좋았던 건 평소와 다르게 꿈속 시간이 느리게 흘러갔기 때문입니다. 꿈처럼 느껴진다는 말처럼 항상 짧게 느껴지던 꿈이 술에 취했을 땐 천천히 오래 흘러갔습니다. 당신 아프지 않게 십 년만 더 살게 해 달라고 빌었다고 이야기했습니다. 오래전 함께 일했던 사람에게 고맙다는 말을 하면서 저녁을 먹기도 했습니다. 꿈속에서는 하지 못했던 말을 마음껏 했습니다.

술에 취해 잠든 어느 날에는 보고 싶은 사람들이 꿈에 또 나올 것입니다. 생각해보니 사랑한다는 말을 잊어버린 것 같습니다. 고맙고 미안하다는 말도 좋지만 이번에는 잊지 않고 사랑한다고 말할 것입니다.

나이

살고 싶어서 한 일과 해야 하는 일을 하다 보니 어느새 지금이다. 그렇다 할 추억도 이렇다 할 낭만도 없던 지난날이었다. 다시 틀어볼 테이프가 없다. 닳도록 만지고 싶은 사진도 없다. 무엇을 위해 이렇게 살았을까. 어린 시절도 없이 회색 도시에 무단투기된 기분. 젊음은 무엇인가. 청춘은 또 무엇일까. 늘 새로운 게 넘쳐나는 세상. 더 빠르고 더 자극적이고 더 강하고 더 똑똑한 것이 쏟아져 나온다. 나도 언젠가 저무는 낙엽처럼 힘을 잃을 것이다. 쉽게 지칠 것이고 얼굴에 생기가 사라질 것이다. 무모하게 달려가던 시절은 한때. 어쩌면 많은 시간을 편한 것만 찾을지도 모른다.

나이라는 건 주관적이고 상대적이다. 스무 살도 스물한 살이 됐을 때는 늙었다고 생각한다. 우리가 무서워하는 건 나를 표현하는 숫자가 바뀌는 것이 아니라 나이 든다는 사실일지도 모른다. 불충분하게 뜨겁던 여름도 끝날 것이다. 그 열기만큼 진한 잎이 떨어지고 지독한 추위도 다시 찾아올 것이다. 그렇게 한 번 더 나이를 먹을 것이다.

추억이 없다고 아쉬워하지 말자. 분명 우린 많은 날을 웃으며 보냈다. 가진 게 없다고 슬퍼하지도 말자. 어차피 우린 빈손으로 태어났다. 쉽게 지친다고 절망하지도 말자. 그 누구보다 눈부시게 살고 있으니까. 앞으로 마주할 많은 것을 예전처럼 뜨겁게 대하진 못하겠지만 그래도 따뜻하게 살아가는 법을 알아가고 있지 않은가.

나이 든다는 거 별일 아니다.

찬란한 시절

20대 중반에 가출했던 적이 있다. 가출이라고 하면 보통 학생 때 많이 하는데 나는 나이가 들어서 가출을 했다. 어릴 땐 집을 떠나고 싶어도 떠날 수가 없었다. 경제적인 여유도 없었고 책임져야 할 게 많았으며 그렇다고 용기가 있지도 않았다. 사소한 이유로 누나와 다툰 저녁 집에 가만히 누워있다가 받은 전화 한 통으로 아버지와도 다투게 됐다. 오랜 시간 축적된 일이 한순간에 터졌다. 집 안을 모두 헤집고 가방 두 개를 챙겨 무작정 가장 빨리 오는 버스를 탔다.

누나가 개업하는 카페를 도와줄 때라 잠이 부족할 정도로 열심히 살던 시절이었다. 버스를 타자마자 잠이 들었다. 종점이라는 말과 함께 기사님이 나를 깨우면 버스에서 내려 다시 가장 먼저 오는 버스를 탔다. 그렇게 도착한 곳이 서울역이었다. 자정이 넘은 시간에 모든 것을 적실 것처럼 비가 내리던 날. 사람이 없는 서울역 한복판에서 비를 맞고 서 있는데 어떤 아주머니가 내게 와 방을 찾느냐고 물었다. 그 아주머니를 따라가 영화에나 나올 법한 허름한 여인숙에서 하루를 보냈다.

다음 날부터 서울역과 영등포 일대에서 지냈다. 자는 곳도 비슷했다. 서울역에서 노숙했고 근처 여관에서 그리고 사우나에서 잠을 청했다. 연락처도 바꿔버려서 모든 사람과 연을 끊고 지냈다. 미안하다는 말이 가득한 누나의 이메일을 몇 번씩 무시하다가 누나 잘못이 아니라는 짧은 답장을 보냈다.

일반적이지 않은 삶을 살면서 느낀 건 삶에 미련이 없어질수록 사람들이 나를 피한다는 것이다. 노숙하는 사람이 가득한 그 역에서도 그들 대부분이 무리를 이뤘지만 아무도 내게 다가오지 않았다. 그냥 밥을 먹으러 갔을 뿐이고 사우나에 누워 가만히 글을 썼을 뿐인데 내가 지나가면 사람들이 피했다. 마음이 많이 힘들거나 삶에 미련이 없어지면 얼굴에 묻어난다. 아무도 그 공허함을 반겨주려 하지 않았다. 그 모습을 거울로 본 나조차도 내가 낯설었으니까.

당시 자주 묵던 사우나로 가는 길 왼편에는 포장마차가 여럿 있었다. 어느 날은 그 길을 지나가는데 내 또래로 보이는 여자 두 명이 술을 마시고 있었다. 표정엔 사뭇 근심이 묻어났으나 둘이 뿜어내는 에너지는 밝았다. 별로 먹고 싶지 않던 술을 갑자기 먹고 싶어져 그 사람들과는 하나 떨어진 포장마차에 앉아 혼자 술을 마셨다. 진지한 이야기를 나누는 두 사람 옆에서 마셔서 그런가. 극도로 외로워졌다. 술에 취해 정신없이 걸어가는 그 순간에 함께 있는 두 사람을 보며 내게도 술을 따라주던 사람들이 떠올랐다. 나도 누군가와 술잔을 나누던 시간이 있었는데….

그렇게 며칠을 살았을까. 집에 돌아오게 된 이유는 생각보다 단순했다. 어느 허름한 여관에서 아주머니가 그만 나가라고 할 때까지 잠을 자고 밖으로 나서자 눈이 부실 정도로 날이 밝았다. 마침 내 앞에 깔끔한 옷차림의 직장인들이 걸어가고 있었는데 그들은 모두 한 손에 커피를 들고 있었다. 나도 한때 깨끗한 옷을 입고 저렇게 사람들과 어울려 커피를 마신 적이 있었는데, 그런 생각이 들자 당시에는 평범하게 느껴졌던 그 순간이 이제야 찬란했던 순간처럼 느껴지는 것이다.

그날 저녁에는 사우나에서 오래 거울을 바라봤다. 처량한 내 모습이 그제야 보였다. 살은 볼품없이 빠져 있었고 수염은 어울리지 않게 덥수룩했으며 눈빛은 생기를 잃어버린 사람처럼 메말라 있었다. 최대한 빨리 집에 가고 싶었다. 머리를 말리지도 않고 모든 짐을 챙겨 심야 버스에 올랐다. 버스가 끊긴 곳에서 남은 돈을 털어 택시를 타고 무사히 집에 도착했다. 나를 보며 하염없이 우는 누나 앞에서 아무 말없이 짐을 풀고 내일은 같이 출근하자는 말을 건네고 세상에서 가장 단잠을 청했다.

다시 그렇게 찬란한 시절로 돌아올 수 있었다. 누군가에게는 평범해 보일 수도 있는 모습이 찬란한 순간일 수도 있다는 것을 이제는 안다. 먼 길을 떠나려는 사람을 붙잡을 정도로 아름다운 시절. 나는 여전히 춥고 여전히 가난하며 여전히 부족한 사람이다. 하지만 지금 내가 살고 있는 이 순간과 내 삶만큼 찬란한 건 없다. 떠나야만 많은 것을 알 수도 있지만, 이제는 떠나지 않아도 알 수 있다.

나는 지금 아주 찬란한 시절에 살고 있다.

반찬가게

거리를 걷다 보면 반찬가게를 쉽게 볼 수 있습니다. 지금 생각하면 부끄럽지만 예전에는 반찬가게가 장사가 될까 걱정했던 시절이 있었습니다. 그땐 밖에서 밥을 사 먹는 것도 좋아했고 누군가가 밥을 차려 주기도 했던 시절이었습니다. 반찬가게에서 반찬을 사 먹는 사람들이 이해가 되지 않았습니다. 며칠 전 집 근처에 작은 반찬가게가 생겼습니다. 요리하기도 귀찮고 그렇다고 시켜 먹는 것도 싫던 어느 점심에 편의점에 다녀오면서 그 반찬가게에 들렀습니다.

밥을 먹을 때면 항상 있었던 반찬들이 어느 순간부터는 먹기 어려운 음식이 됐습니다. 가장 기본적인 반찬 두 개를 샀습니다. 6,000원이었습니다. 계산을 하고 나가려고 하는데 어머님께서 이것도 먹어보라면서 하나를 더 서비스로 주셨습니다. 6,000원어치 샀는데 서비스가 3,000원짜리였습니다. 감사하다며 받았지만 이렇게 장사를 하셔도 되는 건가 싶었습니다.

그날 이후로 종종 들렀습니다. 허기가 졌던 건지 삶이 쓸쓸했던 건지 엄마가 보고 싶었던 건지 아빠가 보고 싶었던 건지 모르겠습니다. 자꾸 서비스를 주시는 게 죄송해서 한 번에 세 개씩 사고는 했습니다. 이것도 충분히 많다며 서비스를 사양하자 어머님은 그럼 먹고 싶은 걸 말하라고 하셨습니다. 다음번에 올 때 미리 말해주면 만들어 놓겠다면서요. 평소 그런 성격이 전혀 아닌데 그날은 이상하게 어머님의 제안을 받아들이고 싶었습니다. 수줍게 제가 좋아하는 음식 몇 개를 말하고는 일주일 뒤에 오겠다는 말을 했습니다. 일주일 뒤에 다시 가게를 찾았을 때 정말 제가 말했던 반찬들이 만들어져 있었습니다. 가격표는 붙어있지 않았습니다. 그냥 가져가라는 말씀에 이렇게 장사하시면 안 된다며 손에 삼만 원을 쥐여 드리고 황급히 가게를 빠져나왔습니다.

몇 번 보지 않은 사람에게 이렇게까지 친절을 베푸시는 어머님 마음 덕분에 허기가 사라지는 기분이었습니다. 동시에 부끄럽기도 했습니다. 반찬가게를 누가 이용할까 걱정하던 철없던 시절이요. 그릇에 반찬 몇 개를 덜어 소박하게 저녁을 먹었습니다. 어릴 때 즐겨 먹던 것처럼 맛이 좋았습니다. 마음이 어머님 인상처럼 포근해지던 밤이었습니다.

사랑을 한다는 것

사랑을 한다는 건
자유 대신 함께하는 삶을
선택하겠다는 것.
사랑을 한다는 건
편하게 빨리 가겠다는 게 아니라
단단하게 멀리 가겠다는 것.
사랑을 한다는 건
미완성이었던 삶을
완성하겠다는 것.
사랑을 한다는 건
맨날 같은 노래만 듣는 게 아니라

한 번도 들어보지 않은 음악을 듣겠다는 것.

사랑을 한다는 건

문을 쾅 닫을 만큼 급하게 살던 삶에서

한 사람을 위해

문을 잡아주는 여유를 가지겠다는 것.

사랑을 한다는 건

궁금한 게 하나도 없던 삶에서

오늘 하루는 어땠냐고 물을 사람이 생기는 것.

사랑을 한다는 건

항상 기쁘고 좋은 일만 있는 게 아니라

슬프고 속상한 일이 있어도

함께하겠다는 것.

당신의 어깨

남이 먹지 못하는 기름진 음식을
얼마나 먹어봤냐는 중요하지 않다
좁은 곳에서 이미 식어버린 밥을
살아보겠다고 맛있게 먹었는지가 중요하다
고작 먹은 한 끼가 가슴께에 걸려
뭐라도 마셔보겠다고
먼 길을 다녀와 봤는지가 중요하다
그 길 끝에 아무것도 없어도
그래도 열심히 했다며 마른침 꿀꺽 삼키고
돌아오는 길에 하늘을 쳐다봤는지가 중요하다
다시 제자리로 돌아왔을 때

가진 것 하나 없어도

변한 것 하나 없어도

여전히 현실이 시궁창이어도

그래도 떠오르는 얼굴이 하나쯤은 있는지가 중요하다

그대가 이것을 하나라도 느껴봤다면

제대로 살고 있는 것이다

어깨를 펴거라

명절

명절 아침이면 아버지는 볼멘 소리를 하셨다. 나 때문이었다. 평소 외출을 잘 하지 않는 내가 명절 전날이면 꼭 새벽 늦게까지 술을 마시고 들어왔다. 아침 일찍 제사를 지내야 하는데 일어나지 않고 있으니 누나에게 하소연하시는 소리가 방 안까지 들리고는 했다. 이사 오기 전에 살았던 곳은 고향 같은 곳이었다. 학교도 그곳에서 나왔고 친구들도 가득했다. 명절 전날이면 술을 마셨던 이유도 그 때문이었다. 서울에서 지내는 친구들이 동네로 돌아왔기 때문에 항상 명절 전날에는 술을 마시는 문화가 자연스럽게 생겼던 탓이다.

아버지가 돌아가시고 나서 누나가 제사를 지낼 건지 물

어본 적이 있다. 나는 단호하게 무조건 지낼 거라고 답했다. 누나가 도와줄 필요 없이 내가 다 준비할 테니 제사는 꼭 지낼 거라고. 이제 나는 명절 전날에 술을 마시지 않는다. 혼자 음식을 준비하는 일이 만만치 않기 때문이다. 아침 일찍 일어나서 밥을 짓고 생선을 굽고 전날에 재워 둔 고기를 불에 올린다. 손이 많이 가는 잡채나 전 같은 음식은 대부분 마트에서 사 오지만, 그래도 해야 할 일이 많다. 하나씩 음식을 준비하다 보면 어느새 누나와 매형, 조카가 도착하기로 한 시간이 다 되어있다. 몸이 건강한 나도 이렇게 힘에 부치는 일인데 몸이 그렇게 안 좋았던 아버지는 도대체 무슨 힘으로 어머니 제사상을 차린 걸까 생각해본다.

제사를 꼭 지내겠다고 마음을 먹었던 것에는 여러 이유가 있었지만, 제일 큰 이유는 혹시나 하는 마음 때문이었다. 사후세계가 있는지도 모르겠고 정말 세상을 떠난 사람들이 밥을 먹으러 각자의 집으로 가는 건지도 모르겠지만, 혹시나 하는 마음에서였다. 만약, 천분의 일, 백만분의 일로 그런 일이 있을까 봐. 다들 집에 들러 배불리 아침을 먹는데 우리 아버지만 허기져 있을까 봐. 혹시나 그럴까 봐 제사상을 차린다. 천천히 드시고 가셨으면 하는 마음에 음식이 다 식을 때까지 기다리면서. 어디로 올지 몰라서 창문과 현관문을 같이 열어놓고서.

저녁밥

주변 사람들에게 자주 하는 말이 있습니다. 밥은 배가 고플 때 먹는 게 아니라 때가 되면 챙겨 먹는 거라는 말입니다. 현대 사회를 살아가고 있는 사람들에게 식사 시간에 맞춰서 밥을 챙겨 먹는다는 건 여간 어려운 일이 아닙니다. 간단한 군것질로 끼니를 때우기도 하고 커피나 우유처럼 마실 수 있는 것으로 가볍게 해결하는 경우도 많습니다. 그러지 않았으면 하는 마음에 건네는 말이지만, 가끔은 저도 그런 제 모습이 멋쩍을 때가 있습니다. 저조차도 때가 되면 끼니를 챙겨 먹는 사람이 아니기 때문입니다.

음식에 대해서 여러 지인과 이야기를 나누면서 알게 된 사실이 하나 있습니다. 누군가는 음식을 힘을 얻는 수단으로 생각하고 다른 누군가는 음식을 휴식으로 생각한다는 것이었습니다. 힘을 얻는 수단으로 생각하는 사람은 일을 하다가 힘에 부칠 때면 밥을 챙겨 먹고는 합니다. 하지만 저는 음식을 먹는 행위가 휴식이기 때문에 해야 할 일이 끝나지 않으면 밥을 먹고 싶다는 생각이 들지 않습니다. 그런 성격이다 보니 대부분 저녁은 늦은 시간에 먹을 때가 많습니다. 밖에서 사 먹을 힘도 없거나 집밥이 그리울 때면 늦은 시간에 냉장고에서 이것저것 꺼내어 도마위에서 칼질을 하고는 합니다.

재료 써는 소리가 거실에 울릴 때면 어린 시절이 생각납니다. 작은 마당이 있는 집에서 살던 때가 있었습니다. 그 집의 구조는 특이했습니다. 현관문 쪽으로 마당이 있는 게 아니라 거실과 주방 사이에 작은 문을 열고 나가면 마당이 있었습니다. 어른이 있기엔 좁고 아이가 있기엔 충분한 곳이었습니다. 겨울이면 자기 전에 아버지께서 마당에 물을 뿌려 주시고는 했습니다. 다음날이면 미끄러지기 좋을 만큼 얼음이 얼어 있었습니다. 다리를 몇 번 뻗지도 못할 만큼 좁은 공간이긴 했지만 아침에 눈을 뜨자마자 마당에서 얼음 위를 미끄러지는 일을 좋아했습니다. 한참을 그렇게 놀다가 방으로 들어와서 언 몸을 녹일 때면 주방에서 칼질 소리가 들리고는 했습니다. 이불 속에 누워서 나른하게 아침밥을 기다릴 때면 말로 표현할 수 없을 만큼 포근하고 행복했습니다.

오늘도 정신없는 하루를 보냈지만 아직 끝내야 할 일을 끝내지 못했습니다. 아마 늦은 저녁을 먹을 것입니다. 밖에서 사 먹는 음식은 이제 질린다며 집으로 돌아가 냉장고 문을 열어볼 것입니다. 기분 좋은 음악을 들으며 맛있는 저녁을 차리겠지만 아무리 많이 먹더라도 채워지지 않는 헛헛함이 있을 것입니다. 좋은 음악이더라도 사람 웃음소리만 못할 것이고 혼자 차려 먹는 맛있는 저녁보단 가족끼리 함께 먹는 소소한 밥이 더 좋을 테니까요.

내게 그런 시절이 있었다는 게 꿈 같습니다.

술과 사랑

어제의 내가 기억나지 않는 것만큼 섬뜩한 일도 없을 것입니다. 눈을 떴을 때 여기가 어디인지, 언제 잠들었는지 기억을 거슬러 올라가다 보면 까마득합니다. 도대체 무슨 일이 있었던 건지 알아내려고 애쓸 때쯤 속이 쓰려오고 머리가 깨질 듯이 아픕니다. 전화기를 보기가 두려워집니다. 통화목록에는 전화를 하면 안 될 사람의 이름이 떠 있고 지갑이나 카드 같은 작은 물건을 잃어버리기도 합니다. 많은 이에게 자신만의 해장법이 있겠지만 소용없습니다. 지독한 숙취는 물 마시는 것도 불가능하게 만듭니다. 택시를 타든 지하철을 타든 살아도 살아있지 않은 것 같은 상태로 출근하거나 학교에 갈 것입니다. 아무런 일도 없다면 누워서 꼼짝도 하지 못하고 앓을 것입니다. 다시는 술 안 마신다는 말이 나오는 순간입니다.

하지만 폭음이나 과음은 자신의 의지만으로 되는 것이 아닙니다. 그날 안주가 좋았다거나 사람이 좋았다거나 내 안에 무언가가 가득 차 있어서 평소보다 더 많은 양의 술을 마실 수도 있습니다. 피곤하고 지쳐 있었기 때문에 조금만 마셔도 평소보다 더 취할 수 있습니다. 기억이 끊길 만큼 술을 마시거나 도저히 견딜 수 없을 만큼 숙취가 심하더라도 이제는 술 안 마신다는 말은 하지 않습니다. 어차피 실수라고 해봐야 술을 마신 상태에서 용인할 수 있는 범위 내에서 실수했을 것입니다. 자고 있는 친구에게 전화해서 한잔하자고 말하거나 술자리에서 잠들거나 조금 많이 웃거나 조금 많이 무표정이었을 것입니다. 지금 당장 숙취 때문에 죽겠더라도 어차피 며칠 지나면 다시 생각날 것이기 때문에 그런 말을 하지 않습니다. 술은 행복하려고 마시는 것이고 흐트러지려고 마시는 것이고 앓으려고 마시는 거니까요.

한 사람과 사랑에 빠졌습니다. 술자리와 비슷할 것입니다. 다음날 앓아누울 만큼 마셔야겠다고 시작하지 않았던 것처럼 처음부터 이 사람에게 내 모든 걸 다 주어야겠다고 시작하는 경우는 드물 것입니다. 마시다 보니 점점 젖어가는 것처럼 만나다 보니 점점 그 사람에게 물들어갈 것입니다. 서로에게 비밀 이야기도 아낌없이 털어놓을 것입니다. 웃음, 슬픔, 절망, 증오, 분노, 행복, 후회, 그리움, 환희, 쾌락, 중독, 편안함. 모든 감정을 나눌 것입니다. 그랬던 사람이 갑자기 내 곁을 떠날 수 있습니다. 내가 그 사람을 떠나갈 수도 있습니다. 누가 떠나갔든 자신만의 방법으로 이별을 극복하려 할 것입니다. 앓을 것입니다. 물조차 마실 수 없던 아침처럼 힘들 수 있습니다. 다시는 아무도 만나지 않는다. 다시는 사랑 같은 거 안 한다는 말이 나올 순간입니다. 하지만 저는 이제 누군가와 헤어졌다고 해서 사랑 안 할 거라는 말을 뱉지 않습니다. 얼마나 걸릴지 모르겠지만, 앓을 만큼 앓고 나면 다시 또 사랑에 빠질 게 분명할 것입니다. 제가 할 수 있는 건 숙취로 아무것도 할 수 없던 날처럼 충분히 앓는 것뿐입니다. 앓고 나면 다 괜찮아질 것입니다.

기차

부산으로 가는 기차 안입니다. 출간을 기념해서 북토크를 하러 내려가는 길입니다. 이번 달에만 기차를 세 번이나 탔습니다. 한 번은 출장 때문이었고 두 번은 북토크 때문이었습니다. 창가에 앉아 밖을 바라봅니다. 익숙한 듯 낯선 서울의 풍경이 지나갑니다. 기억 속에 존재하는 첫 기차가 떠오릅니다. 기차를 처음 탔던 건 열일곱 살일 때였습니다. 그전에도 기차를 탄 적이 있었던가 싶지만, 정확히 기억하는 건 그때가 처음입니다.

사랑하는 사람이 세상을 떠났습니다. 고향이 지방이었던 터라 마지막 인사는 그쪽에서 할 예정이었습니다. 안 좋은 일로 오래 기차를 타야 했습니다. 그땐 제가 다 컸다고 생각했었는데, 지금 돌아보면 얼마나 어렸는지 모릅니다. 슬픈 일인 걸 알면서도 오래 기차를 타야 하니 만화책을 챙겨가야 할지도 모른다고 생각했었으니까요. 서툰 이별을 끝내고 다시 서울로 올라오는 기차 안에서는 그 사람이 나에게서 멀어지는 기분이 들었습니다. 그 사람도 기차를 타고 이 세상이 아닌 곳으로 향하고 있는 느낌이었습니다. 그날 이후로 기차를 오래 탈 때면 처음 기차를 탔던 그때가 기억나고는 했습니다. 아무런 말 없이 창밖을 가만히 바라보는 시간이 많았습니다.

이번에는 좋은 일로 멀리 갑니다. 보잘것없는 저를 위해 사람들이 모일 것입니다. 제가 살아온 삶을 보상이라도 받듯 환영을 받을 것입니다. 책에 관한 여러 이야기를 나누고 해가 지면 괜찮은 안주에 저만의 시간을 보낼 것입니다. 만약 그때의 저에게 슬픈 일로 기차를 탈 때도 있겠지만 어른이 되면 좋은 일로 타는 일이 더 많을 거라는 말을 누군가가 해줬다면 덜 슬펐을까요?

맞은편에서 기차 한 대가 옵니다. 어디를 다녀오는 길일까요.

안부 인사

새벽 한 시가 넘었습니다. 어제 마신 술이 아직까지 깨지 않아서 산책을 했습니다. 덥고 습했지만 마음이 눅눅해서 그런지 걸을만 했습니다. 어디서부터 이야기를 해야 할지 모르겠습니다. 한 번쯤은 당신에게 편지를 써야겠다고 생각하고 있었습니다. 우리가 가까워진 건 아버지 때문이었습니다. 아버지가 입원해 있는 병원 근처에 당신이 살고 계셨습니다. 어차피 병원에 가야 하니 데려다 준 게 시작이었습니다. 비가 많이 왔어요. 몇 년 만에 장마가 가장 긴 해였습니다.

당신께 한 번도 말한 적 없는 이야기가 있습니다. 사실, 당신을 데려다 주고 병원으로 가지 않았습니다. 추파를 던지려고 당신을 데려다 주겠다고 한 건 아닙니다. 늦은 시간이라 아버지는 주무시고 계셨을 겁니다. 제가 도착하면 그때 이것저것 부탁을 하시겠죠. 저는 그게 민폐라고 생각했습니다. 같은 병실을 사용하는 사람들한테요. 당신을 데려다 주고 아버지가 입원해 계신 병원을 지나가면 마음이 편했습니다. 제가 그렇게 나쁜 놈이 아닌 것처럼 느껴졌습니다. 다른 사람들한테 피해주기 싫다는 이유로 먹고사는 게 바쁘다는 이유로 아버지 말동무 한 번 제대로 안 해주는 놈이었는데 늦은 시간에 병원 근처를 지나가는 것만으로도 죄의식이 줄어드는 기분이었습니다.

당신을 만나면서 그런 생각을 한 적이 있습니다. 아, 어쩌면 이 사람이랑 평생 같이 살지도 모르겠다고요. 좋았어요. 내가 이렇게 깨끗한 사랑을 받아본 적이 있을까 싶을 정도로 당신이 주시는 사랑은 순백이었습니다. 마치 부모가 자식에게 주는 사랑처럼 한없이 다정하고 무한했어요. 우리가 정말 사랑다운 사랑을 했다고 생각합니다. 평생 함께 살지도 모르겠다고 생각했는데 결국 이별했으니까요. 이것 역시 한 번도 당신에게 말한 적 없는 이야기입니다. 저는 당신이 자신을 사랑하지 못하는 모습을 보는 게 힘들었습니다. 제가 아무리 예쁘다, 최고다, 뭐든지 할 수 있다고 옆에서 말하고 행동해도 결국 당신은 당신을 사랑하지 못했습니다. 그럴 때면 가끔 제가 쓸모없는 사람처럼 느껴지고는 했습니다. 저는 당신이 사람 많은 곳에서 사진을 찍을 때 당당했으면 좋겠다고 생각했습니다. 무언가를 구경할 때 쭈뼛쭈뼛 구경하는 게 아니라 당당하게 구경했으면 좋겠다고 생각했습니다. 당신이 나에게 서운한 것을 농담처럼 이야기할 때 스스로를 낮추는 말은 사용하지 않았으면 좋겠다고 생각했습니다.

저는 우리가 헤어졌을 때 이별한 것처럼 느껴지지 않았습니다. 이혼한 것처럼 느껴졌어요. 소금이랑 설탕은 생긴 게 비슷하니 이름표 정도는 붙여 놔야 하지 않겠냐며 이름표를 붙여 주셨습니다. 음식을 할 때마다 당신 생각이 났습니다. 내 생일에는 식탁 가득 저녁을 차려 주기도 했었지요. 어느 날 이렇게 마주 앉아있는 식탁 옆에 우리를 닮은 아이가 앉아있을지도 모르겠다는 생각을 했습니다. 우린 연애보다는 결혼이 어울리는 나이였습니다. 사람들은 말합니다. 결혼은 현실이다, 낭만이다, 그냥 하는 거다. 저는 차라리 그런 이유였으면 좋겠습니다. 누군가가 우리의 만남을 싫어한다든가 내가 찢어지게 가난하다든가 하는 이유였으면 좋겠습니다. 설득하면 되고 일을 더 열심히 하면 되니까요.

저는 제가 아이를 잘 키우고 결혼생활을 잘 할 수 있을 거라고 확신하지 못합니다. 서툴겠지요. 잘한다고 잘하는데 서운해하는 경우도 아이가 제 마음대로 크지 않는 일도 허다할 것입니다. 다만 순간순간 최선을 다하면서 나보단 가정을 위해서 나보단 당신을 위해서 나보단 아이를 위해서 사는 삶을 행복해했겠죠. 좋은 남편 좋은 아빠가 될 수는 없을지 몰라도 최선을 다할 자신은 있었습니다. 제가 무서웠던 건 결혼을 하고 아이를 낳으면 제가 제 아버지를 이해할 것 같아서였습니다. 아, 나 키우면서 이런 감정을 느끼셨겠구나. 아, 남편이란, 가장이란, 아버지란 이런 거구나. 저는 그걸 감당할 재간이 없습니다. 지금도 충분히 버겁거든요.

집 안을 느리게 걸을 때면 당신 눈빛이 생각납니다. 같이 저녁을 먹고 소파에 누워있는 날 바라보던 당신의 눈빛이요. 아무것도 한 게 없는데 사랑스럽게 봐주던 그 눈빛. 함께하는 동안 행복하셨었나요? 잘한다고 잘했는데. 저는 행복했습니다. 부디 잘 지내셨으면 좋겠어요. 이제는 서로가 서로의 삶에 관여할 수 없지만 그래도 저는 당신께서 진심으로 행복하셨으면 좋겠습니다.

끝마치며

살다 보면 가난과 슬픔에게

힘을 빌려야 할 때가 있습니다.

때로는 이별의 힘으로

더 멀리 나아가야 할 때도 있습니다.

다행인 것은 가난하고 슬퍼본 적 있는 사람은

힘을 빌릴 곳이 있다는 것입니다.

전부였던 사람을 잃어본 적 있는 사람은

누군가를 진심으로 포옹할 수 있다는 것입니다.

다시 시작입니다.

전부였던 사람이 떠나갔을 때
태연히 밥을 먹기도 했다

© 박근호 2022년
초판 1쇄 발행 • 2022년 7월 27일
4쇄 발행 • 2023년 10월 5일

지은이 • 박근호
책임편집 • 오휘명
마케팅 • 강진석
디자인 • 유서희
펴낸곳 • 도서출판 히읏
출판등록 • 2020년 4월 28일 제 2020-000109호
제작처 • 책과 6펜스
전자우편 • heeeutbooks@naver.com

ISBN • 979-11-92559-01-8(03810)

*이 책의 판권은 저자와 히읏에 있습니다.
*이 책 내용의 전부 또는 일부를 재사용하려면 반드시 양측의 동의를 받아야 합니다.